LE SOUS-PEUPLE

SCIENCE-FICTION

Collection dirigée par Jacques Goimard

CORDWAINER SMITH

LES SEIGNEURS DE L'INSTRUMENTALITÉ

Tome V

LE SOUS-PEUPLE

roman

Traduit de l'américain par Simone Hilling

PRESSES POCKET

Titre original :

THE UNDERPEOPLE

ISBN 2-266-02720-4

LE LIVRE DU FUTUR,
CINQUIÈME JOURNÉE

Où commence le Livre ? Il y a quinze mille ans, disent les uns ; dix-huit mille, disent les autres. Simples débats d'historiens ; le Livre, on peut toujours le lire.

Après les Anciennes Guerres, la Terre se retrouva livrée aux machines et aux Bêtes. Les hommes véritables survivaient dans les cités où, sous la tutelle des Jwindz, ils recherchaient une perfection morne et inaccessible. On avait commencé à transformer des animaux en sous-êtres. Le Premier Age de l'Espace était presque oublié, mais des colons sans nom avaient survécu sur des planètes lointaines, parfois au prix de mutations étranges. La Norstralie, croit-on, vivait déjà repliée sur elle-même, comme aujourd'hui.

Alors les sœurs VomAcht se réveillèrent et revinrent sur Terre, apportant le don de vitalité oublié tout au long des Ages Sombres ; et la troisième sœur transmit un présent plus précieux encore, et qui sur le moment ne fut accepté que par les sous-êtres. Une rébellion renversa les Jwindz, et l'Instrumentalité du Genre Humain se constitua. Elle se donna pour tâche de surveiller sans gouverner, de protéger sans contrôler. La Nouvelle Histoire commença. Les hommes eurent la force d'affronter une seconde fois la Grande Douleur de l'Espace et retrouvèrent le chemin des étoiles. (*Tu seras un autre.*)

Il y eut un soir, il y eut un matin. Un ingénieux

dispositif avait maîtrisé la Grande Douleur de l'Espace. Les voiliers photoniques explorèrent deux cents mondes. Puis les vaisseaux planoformes, en plongeant à travers Espace Deux, battirent la lumière de vitesse. Des milliers et des milliers de planètes s'ouvrirent à la colonisation. Les hommes toujours plus nombreux essaimèrent dans tout l'univers. On reprit contact avec les hominidés dispersés lors du Premier Age des Etoiles. La vie galactique s'organisa : Viola Siderea fut la planète des voleurs et Olympia celle des receleurs ; quant à la Norstralie, elle produisait le stroon — la drogue de rajeunissement — et s'enrichissait au-delà de toute mesure. Des complots furent déjoués, des invasions arrêtées, des menaces conjurées. L'Instrumentalité vit que cela était bon.

Alors elle proclama la Révolution du Plaisir. Grâce au stroon, la vie humaine fut uniformément prolongée jusqu'à quatre cents ans. Les sous-êtres et les robots faisaient tout le travail. Les Seigneurs de l'Instrumentalité prenaient les décisions. Les noms de personnes furent remplacés par des numéros. Tous les hommes se ressemblaient avec leur bonheur atone. S'ils étaient tristes, on les calmait, on les droguait, on les transformait jusqu'à ce qu'ils retrouvent le bonheur. Ils vivaient dans la stupeur et mouraient dans un rêve. L'espoir et la liberté avaient disparu. Des sous-êtres virent que cela était mal.

Légalement, c'étaient des animaux. Mais ils pouvaient parler, chanter, lire, écrire, travailler, aimer, espérer et mourir. Ils gardaient toute la vitalité oubliée par les hommes, et aussi le message de la troisième sœur. Ils proclamèrent la Révolution de l'Amour. Ils allaient au massacre et ils le savaient. Leurs descendants n'oublieraient pas (*Le Rêveur aux étoiles*).

Il y eut un soir, il y eut un matin. L'Instrumentalité poursuivait son effort incessant pour conserver l'homme tel qu'il était. Parfois un Seigneur avisé perçait à jour les menées individualistes d'un gentilhomme-suicide et les plans ténébreux des puissances qui le manipulaient dans l'ombre. Un autre découvrait dans l'homme des pouvoirs insoupçonnés qui lui donnaient la maîtrise d'Espace Trois, la maîtrise du temps et bien plus encore. Les Norstraliens veillaient, veillaient toujours sur le stroon. Et l'Instrumentalité voyait que cela était bon.

Mais les gens étaient trop malheureux et cela finissait par se remarquer. Malgré tous les contrôles, ils en venaient à gémir et à pleurer. Parfois même ils mouraient — malgré le stroon. Ils n'avaient presque plus d'enfants. La population diminuait. L'utopie apportait la mort, et quelques Seigneurs voyaient bien que cela était mal. Les plus lucides songeaient déjà à l'émancipation des sous-êtres. Mais la majorité se rallia d'abord à la politique de Redécouverte de l'Homme : on restaura la maladie, la souffrance et même les différences culturelles. Les gens retrouvèrent la liberté d'être bons ou mauvais. Le tout soigneusement contrôlé par l'Instrumentalité, bien entendu. Il fallait aller plus loin, accorder les droits civiques au sous-peuple et redécouvrir la vitalité pleine et entière (*Les Puissances de l'espace*).

Il y eut un soir, il y eut un matin. En Norstralie, la famille McBan avait conservé illégalement un vieil ordinateur de guerre. Et celui-ci, pendant des milliers d'années, n'avait pas eu d'autre passe-temps que d'inventer des wargames. Il arriva que Rod McBan, dernier du nom, fut exposé à de graves ennuis par la malice de ses ennemis. Il s'en ouvrit à l'ordinateur, qui lui conseilla de jouer en bourse. Quatre heures après, il était propriétaire légitime de la Vieille Terre (*L'Homme qui acheta la Terre*).

Il y eut un soir, il y eut un matin. Rod McBan était arrivé sur Terre.

J. G.

PREMIÈRE PARTIE

MUSIQUE OUBLIÉE EN UN MONDE PASSÉ

PEUT-ETRE avez-vous vu la comédie musicale que l'on écrivit sur la rencontre de Rod McBan, l'homme qui avait acheté la Terre, et de Dame Johanna Gnade, fière et autoritaire entre tous les Seigneurs de l'Instrumentalité. La pièce n'était pas très longue. Et même parmi les nombreuses pièces et ballades composées par Roderick Frederick Ronald Arnold William MacArthur McBan, cent cinquante et unième du nom, ce drame très court se caractérisait par l'économie des moyens, la discrétion des effets dramatiques et l'usage libéral de la musique. Les gens se souvenaient de la musique, alors même qu'ils avaient oublié pour quelle pièce elle avait été écrite. (Puis l'Instrumentalité intervint et ordonna que l'on mît fin aux représentations, graduellement, imperceptiblement, parce que la musique était licencieuse. Et, malheureusement, *elle l'était.* L'ancienne musique du Premier Age de l'Espace a une nette tendance à corrompre les gens de notre temps. Impossible de sortir quoi que ce soit d'une ville à demi mythique comme l'ancienne « New York » pour le lâcher dans le public sans que les gens aient aussitôt d'étranges idées en tête.)

Voici comment tout arriva.

Hansgeorg Wagner fut l'un des premiers musiciens à se voir imprimé en hollandois (qu'on appelle aussi parfois allemand ou teuton) quand la redécouverte de l'Homme ramena au jour les cultures pré-ruines.

Hansgeorg Wagner avait le sens de l'action. Quand, peu après que Rod McBan fut retourné sur sa planète natale, la Vieille Australie du nord, et qu'on commença à chuchoter son histoire, Wagner refusa d'y introduire les scènes qui semblaient s'imposer : le jeune homme jouant la Terre sur sa planète natale, sèche et lointaine, et gagnant la plus grande partie de l'argent disponible dans l'univers ; le jeune homme se promenant sur Mars ; le jeune homme faisant connaissance de C'mell, sa « femme », la plus belle de toutes les filles-chats, qui travaillait comme hôtesse libre-fille pour la Terre ; le jeune homme combattant Amaral pour sauver la vie de l'une d'elles ; le mystère du magasin des Désirs du Cœur et ce qu'il advint à Rod ; et la terrifiante scène du Cœur et ce qu'il advint à Rod ; et la terrifiante scène finale avec l'E'telekeli. Wagner écarta même la scène si dramatique au cours de laquelle la servante Eleanor, accompagnatrice de Rod, se sépara de lui au sommet de la tour de Terraport après que C'mell eut chanté sa célèbre petite ballade de la tour pour Rod :

Et, ô mon amour, pour toi !
Grands oiseaux piaillant, et un
Grand ciel volant, et un
Grand vent soufflant, et un
Grand cœur battant, et un
Grand lieu pour toi !

Wagner, avec l'instinct d'un véritable artiste, transposa la scène dans la salle de musique.

DANS LA SALLE DE MUSIQUE : RENCONTRE AVEC LE PASSÉ.

A Terraport, le puits de descente des passagers ressemblait un peu à une ancienne cheminée d'ascenseur, sauf que si un véritable ancien l'avait vu, il en aurait été plutôt surpris. Il avait dix miles de profondeurs, ou même plus (il est difficile de se figurer exactement ce qu'étaient les *miles,* mais ils étaient plus longs que les kilomètres) et il ne contenait pas de cabine d'ascenseur. Le puits avait des illuminations décoratives. Il y avait des panneaux indicateurs, de fréquents arrêts pour rafraîchissements, et de curieux spectacles à voir. Ils étaient exclusivement réservés aux humains. Les gens mettaient des ceintures magnétiques, entraient dans le puits, et se voyaient transportés, vers le haut ou vers le bas, à la vitesse d'environ vingt mètres à la minute, suivant le puits dans lequel on était ; les puits allaient toujours par paire, un pour monter, un pour descendre.

Au contraire, le puits-marchandises n'avait pas de panneaux, pas de rafraîchissements, pas de douceurs. La vitesse de descente y était considérablement plus grande. Les marchandises montaient ou descendaient, attachées à des ceintures magnétiques ; les sous-êtres et les robots portaient aussi des ceintures, sauf quand ils les oubliaient, auquel cas ils se transformaient vivement en bouillie sanglante ou en tas de ferraille, tout en bas. Le puits-marchandises, comme le puits-passagers, portait des panneaux avertisseurs à la montée et à la descente, parce que si les gens se séparaient de leur ceinture ils allaient de même s'écraser tout en bas. Tous les puits étaient pourvus de filets intercepteurs, pour sauver les personnes ou les objets qui tombaient aussi bien que pour protéger les autres passagers, mais ils ne fonctionnaient pas vraiment bien.

La première scène du drame de Wagner montre

Rod McBan et C'mell s'arrêtant en haut du puits-marchandises. Elle porte le petit singe-chirurgien qui s'est endormi, épuisé par le voyage. Rod McBan, plus grand d'une tête que la plupart des hommes-chats, lui fait des remontrances avec des gestes plus rudes et plus vrais que ceux d'aucun homme-chat. Avant l'atterrissage, on avait rendu plus féline son épaisse crinière de cheveux blonds, et les longs poils rares de sa moustache frémissaient bizarrement tandis qu'il expliquait ses violents désirs par des gestes norstraliens sans ambages.

Après avoir un peu développé la scène, Wagner leur fait chanter le duo *la Terre est à moi, mais pour quel avantage ?* pour Rod, et *la Terre est à toi, mais sois patient mon amour,* pour C'mell. C'mell, essayant de passer un harnais magnétique à Rod, qui se débat, met dans la pièce une touche de comique. A la fin de la scène, ils entrent tous deux dans le puits (qui semble sans fond) pour leur longue, longue descente vers la surface de la Terre.

Nous savons qu'ils descendirent facilement. La seule difficulté fut provoquée par la tendance de Rod à trop parler alors que lui, l'homme le plus riche du monde, était censé voyager sous le déguisement d'un pauvre et simple homme-chat. Partagée entre l'irritation et l'amour, C'mell passait son temps à l'égayer ou à le faire taire.

La crise survint (et Hansgeorg Wagner la traduit bien dans sa pièce) quand Rod entendit le son d'une musique ineffable.

Elle ne ressemblait à aucune musique qu'il eût entendue jusque-là.

« Qu'est-ce que c'est ? » cria-t-il à C'mell.

« De la musique », dit-elle d'un ton apaisant.

Il ne la traita pas d'idiote, mais il grogna de contrariété et tendit le bras pour saisir un barreau de l'échelle de sûreté courant sur toute la hauteur du puits. Il remonta une douzaine d'échelons et jeta un coup d'œil dans un corridor latéral, d'un noir d'encre, et qui apparemment ne menait nulle part. Mais Rod était certain qu'il en venait une musique étrangement belle et farouche. Il avait effectué son ascension contre la traction pulsante de la ceinture magnétique, et le double effort le faisait haleter. C'mell était descendue d'une dizaine de mètres avant de s'apercevoir de ce qu'il avait fait. Lasse, mais sans un mot de protestation, elle remonta l'échelle pour le rejoindre, hissant son propre poids, celui du singe-chirurgien endormi et qu'elle avait jeté sur son épaule, et la traction de la ceinture magnétique. Quand sa tête atteignit le niveau des pieds de Rod, il abandonna l'échelle avec précaution et fit bravement deux pas dans le sombre couloir latéral.

Tous deux entendaient clairement la musique.

Des cordes vibrantes produisaient ces sons harmonieux.

Elle sentit la curiosité de Rod, bien qu'elle ne vît pas son visage dans le noir :

« Cet instrument... c'est un piano. On a recommencé à en fabriquer. »

Rod lui mit la main sur le bras pour la faire taire.

« Ecoute, je crois qu'il se met à chanter. »

Fortes et harmonieuses, la musique du piano et une voix de ténor leur parvinrent clairement du corridor ; leur source était invisible mais semblait assez proche :

Ignoraba yo.
Je ne savais pas.
Ignoraba yo.
Je ne montrais pas que je vous aimais, que je vous aimais tant.

Je vous aime et je vous aime,
Hoy y manana.
Il n'y a plus rien pour moi dans la vie,
Hoy y manana.
Vous m'aimez passionnément et vous m'épuisez,
Hoy y manana.
Etais-je plus heureux ou plus triste quand je ne vous connaissais pas ?
Ignoraba yo,
Je ne saurais même pas le dire.

La voix mourut doucement. L'instrument termina par quelques fioritures, comme si le musicien essayait de jouer l'arrangement exactement comme il convenait.

« Une partie de ce chant est en Ancien Inglais », dit Rod, « mais je n'ai jamais entendu l'autre langue. Et je n'ai certainement jamais entendu pareille musique, où que ce soit.

— Je connais la plus grande partie de la musique que l'on joue sur la Terre », murmura C'mell, « et je n'ai rien entendu de semblable non plus. Viens, Rod. Reprenons la descente. Quand nous arriverons dans un endroit sûr, j'enverrai des messagers pour découvrir ce qui se passe dans cette partie de la tour de Terraport.

— Non », dit Rod. « J'y vais.

— Tu ne peux pas, Rod. Tu ne peux pas. Cela pourrait faire tout échouer. Le déguisement, les plans du Seigneur Jestocost, ta sécurité.

— J'ai acheté ce monde », dit Rod, « et je serais bien fou si je ne pouvais même pas me permettre de demander un morceau de musique. J'y vais.

— Rod ! » cria-t-elle.

« Arrête-moi si tu peux ! » dit-il, rudement. Et il s'avança résolument dans le noir du corridor, exactement comme si les portes-pièges et les écrans électriques n'existaient pas. C'mell le suivit, avec précaution et à contrecœur.

Le corridor flamboyait d'avertissements :

DEFENSE D'ENTRER
PASSAGE INTERDIT
TRAVAIL DE L'INSTRUMENTALITE-SECRET

Une voix enregistrée leur hurla : « Arrière ! Arrière ! pas de robots ! pas de sous-êtres ! Pas d'Hommes Véritables ! Seigneur de l'Instrumentalité, obtenez un permis individuel avant d'entrer ici ! Travail secret ! Arrière ! Arrière ! Pas de robots ! Pas de sous-êtres ! » et ainsi de suite, en un hurlement soutenu et irritant.

Rod ignora la voix, bien que C'mell le tirât par la manche.

Les clignotants rouges avertisseurs avaient révélé les contours d'une porte et une poignée.

Il saisit la poignée et tourna. Fermé. La porte elle-même n'avait pas l'air en acier ou en matériau Daimoni. C'était peut-être même du bois, qui était bien trop précieux en Vieille Australie du Nord pour qu'on l'emploie à quelque chose d'aussi commun qu'une porte : les Norstraliens se servaient d'un plastique dérivé des os de mouton.

Rod hurla : « Holà ! du dedans ! Ouvrez ! Ouvrez !

— Partez », dit une voix douce et agréable, de derrière la porte, si proche qu'ils en sursautèrent.

La voix était si près et la porte si fragile que Rod fut tenté.

Il recula pour se mettre au niveau de C'mell. Il se sentit coupable en l'entendant soupirer de soulagement — apparemment à l'idée qu'il tenait compte de l'avertissement et allait revenir au puits de descente.

Au lieu de cela, il mit en action une technique de combat qu'il avait apprise chez lui. Il bondit vers la porte de toute la force de son corps, heurtant le panneau de ses pieds juste au-dessus de la poignée et se recevant sur les mains pour adoucir la chute de son corps contre le sol.

Les résultats furent étonnants :

La porte céda si facilement que Rod plongea dans une pièce ensoleillée, atterrit sur un tapis et glissa avec celui-ci jusqu'à ce que ses pieds soient arrêtés, en douceur mais fermement, par une magnifique boîte en bois, élégamment polie, et qui semblait avoir une console rudimentaire. Un gentleman d'âge mûr, très surpris, bondit pour lui dégager la voie. Clignant des yeux dans la vive lumière, C'mell et A'gentur suivirent Rod dans la pièce.

Leur hôte, stupéfait, prit la parole :

« Vous êtes des sous-êtres ! Vous désirez donc mourir ? On va vous tuer pour ça ! Pas moi, bien sûr. Qu'est-ce que vous voulez ? »

Rod se remit sur pied aussi dignement qu'il le put.

« Je m'appelle Rod McBan », dit-il, « et je prends l'entière responsabilité de ce qui s'est passé. Je suis le nouveau propriétaire de cette planète, la Terre, et je veux entendre encore un peu cette musique que vous faites.

— *Ignoraba yo ?* Ce bop espagnol ? En quoi cela vous regarde-t-il, homme-chat ? C'est un travail secret pour l'Instrumentalité. Et tout ce à quoi vous allez arriver, c'est à mourir quand les robots policiers interviendront ! »

C'mell prit la parole. Dans son calme, sa voix avait quelque chose de pressant que personne ne pouvait ignorer. Elle dit : « Vous êtes relié à l'Ordinateur Central ?

— Bien entendu », dit l'homme. « Tous les bureaux protégés le sont !

— Vous n'êtes pas un humain ?

— Bien sûr que non, fille-chat. Je suis l'homme-chien, D'igo, et je suis l'historien de la musique désigné pour travailler dans ce bureau.

— Je suis C'mell », dit-elle, sans plus.

L'homme-chien fut stupéfait, et, quand il reprit la parole, sa voix était très amicale : « Je sais qui vous êtes. Ici, tout est à votre service, C'mell.

— La liaison informatique ? » demanda-t-elle.

D'un signe de tête, il montra un côté de la pièce. Elle vit le haut-parleur dans le mur. A'gentur somnolait, assis par terre, tandis que Rod, poussant une touche de la belle boîte en bois, produisait une belle note claire.

C'mell dit : « Rod, viens ici.

— Voilà. » Il s'approcha du haut-parleur.

« Ecoute. Ta vie est peut-être en danger, Rod. Je vais appeler l'Ordinateur Central et je veux que tu affirmes tes droits sur cette pièce et le travail qui s'y fait. Demande à entendre la musique que tu veux. Dis la vérité à l'Ordinateur Central. Cela évitera peut-être que les policiers-robots ne viennent et ne te tuent avant qu'ils ne découvrent que tu n'es pas un homme-chat.

— Il n'est pas un homme-chat ?... » murmura D'igo, stupéfait, à l'écart.

« Chut ! » lui dit C'mell. Elle ajouta à l'intention de Rod : « Parle, maintenant. Etablis tes droits.

— Ordicent », dit Rod, « note mon nom : Roderick Frederick Ronald Arnold William MacArthur McBan, cent cinquante et unième du nom, de Vieille Australie du Nord. Tu y es ?

— Affirmatif !

— Est-ce que tu es à moi, Ordicent ?

— Répétez ! Répétez !

— Ordicent, est-ce que je t'ai acheté ?

— Apparemment impossible ! Mais cette machine va vérifier. Non, vous n'avez pas acheté cette machine.

— Peux-tu dire où je suis, Ordicent ?

— Atelier interdit de l'Instrumentalité.

— Est-ce que Terraport est à moi ?

— Affirmatif !

— Est-ce que cette pièce est à moi ?

— Affirmatif !

— Je suis dedans.

— Répétez l'instruction. Cette machine ne peut pas rendre votre ordre opérationnel.

— J'ai pris cette pièce à l'Instrumentalité, et je la rendrai aux Seigneurs de l'Instrumentalité quand bon me semblera.

— C'est impossible ! Cette pièce appartient à l'Instrumentalité !

— Et moi », dit Rod, « je l'emporte sur l'Instrumentalité. Dis-leur de ne pas venir jusqu'à ce que j'aie fini.

— L'instruction est impossible. Cette machine a des dossiers montrant que vous possédez Terraport et que l'Instrumentalité vous l'a vendu tout entier, y compris la pièce dans laquelle vous vous trouvez. En conséquence, cette pièce vous appartient. Cette machine a également une instruction dans son programme de base, suivant laquelle personne ne peut l'emporter sur l'Instrumentalité. Cette machine doit en référer à une autorité supérieure. Les policiers-robots seront tenus à l'écart de votre personne jusqu'à ce que le programme de cette machine ait été re-codé ou réaffirmé par une autorité supérieure. *Clic !* fit le haut-parleur, et l'Ordinateur Central mit fin à la communication.

« Et voilà, tu n'y couperas pas », dit C'mell. Ses yeux verts, qui pouvaient parfois devenir féroces, considéraient Rod avec une douce indulgence. Rod voyait qu'elle était très fière de lui, bien qu'il ne sût pas très bien pourquoi. Son avertissement était sévère, mais son expression ne trahissait aucune peur, seulement la conviction toute nouvelle qu'il les tirerait de là.

De la porte, A'gentur s'adressa à D'igo : « Est-ce que vous avez de la noix de coco, des raisins, des noix ou des ananas, homme-chien ?

— Pardonne-lui, collègue D'igo », dit C'mell. « Il est impoli, mais il est très fatigué et il a très faim.

— Ça ne fait rien », dit D'igo. « Je n'ai aucun de ces aliments, quoique j'aie de l'excellent foie cru et un assortiment d'os dans ma glacière. Mon maître, un Seigneur, a laissé un pot de chocolat que je pourrai faire réchauffer pour vous, animal. Est-ce que vous en voulez ?

— N'importe quoi ! N'importe quoi ! » dit joyeusement A'gentur.

« Maintenant, je crois que j'ai tout vu », déclara D'igo avec une sorte de flegme désespéré en mettant le chocolat à réchauffer. « Ma pièce secrète est attaquée, la célèbre C'mell en personne vient me rendre visite, un homme-chat donne des ordres à l'Ordinateur Central, et je dois nourrir un animal dans mon bureau ! Ce n'est pas souvent qu'arrivent ces sortes de choses, n'est-ce pas, madame C'mell ?

— Nous sommes venus », dit vivement C'mell avec grâce, « parce que mon ami a insisté pour entendre votre musique.

— Vous l'aimez », dit D'igo en souriant. « Je

l'aime aussi moi-même. C'est une musique secrète et je ne suis pas sûr qu'on lui délivre jamais l'autorisation nécessaire pour être jouée en public. Mon maître, le Seigneur Ingintau, voulait que je retrouve la dernière chanson jamais chantée à New York.

— C'était une ville, n'est-ce pas ?

— La plus grande ville de ce continent. Quand New York fut détruite, différentes stations électroniques assez primitives étaient en train d'émettre, certaines des images, d'autres seulement des mots et de la musique. Les robots-sondeurs de l'espace ont enregistré tous les messages qui pouvaient être sauvés de cette Première Fin du Monde, et je crois que j'ai maintenant réduit le choix à trois chansons. Vous avez entendu *Ignoraba yo* — anglais et espagnol mêlés, et d'un style qu'on appelle le bop. Je ne suis pas trop sûr de la suivante, parce que j'ai la plus grande partie de la mélodie, mais pour les paroles seul le refrain a survécu. Je l'ai fait chanter à mon assistante, une fille-chien, pendant que je l'accompagnais au piano, et je l'ai enregistré la semaine dernière. Vous voulez l'entendre ?

— C'est pour ça que j'ai enfoncé la porte », dit joyeusement Rod.

D'igo le musicien posa la main sur une partie nue du mur et dit : « Quarante-sept, s'il vous plaît. »

La pièce s'emplit aussitôt d'une musique vive et entraînante expertement jouée au « piano ». La mélodie était rapide, surprenante, amusante et spirituelle dans sa composition. Les standards norstraliens auraient condamné cette chanson comme lascive, pensa Rod — mais on n'était pas en Vieille Australie du Nord. C'était ce que chantait la Vieille Terre avant que la Terre mourût la première d'une centaine de morts.

Après un *la-la-la la-a-a-a-la* préliminaire, une voix de femme se mit à chanter trois fois de suite le refrain entraînant, en un Ancien Inglais parfaitement prononcé, juste comme Rod l'avait entendu parler par les livres parlants dans la chambre secrète aux trésors de sa famille :

Seul Dieu peut créer un arbre,
Mais tu peux créer une fille comme moi !

« C'est amusant », dit Rod, « mais ça ne va pas très loin. Quel est la troisième ?

— C'est une pièce historique, datant d'avant la chute de New York. Je crois que ça avait quelque chose à voir avec un divertissement collectif qu'ils appelaient square dance et qui était une danse paysanne. Je n'arrive pas à comprendre pourquoi. A moins que ce n'ait été quelque chose transposé d'un autre langage et d'une autre culture pour l'adapter aux usages des Murkins.

— Ce sont les gens qui avaient New York ? » demanda Rod.

« Les mêmes », dit D'igo.

« Les mêmes qui ont construit ces spectaculaires routes de surface qu'on voit chaque fois qu'on regarde la Terre depuis le proche espace ?

— C'est exact », dit D'igo en souriant. « C'était un peuple exubérant, intelligent, lascif. Vous voulez entendre la troisième chanson ? Je vais vous la jouer et la chanter moi-même. Je viens juste d'en finir l'arrangement. »

Il s'assit au piano, joua quelques mesures puis se mit à chanter :

Bats des mains,
Clap, clap !
Chant' le r'frain,
Tap, tap !
Fais un vœu,
Tontaine !
Pour nous deux,
Mad'leine !

Rod soupira : « Je préfère toujours celle que j'ai entendue dehors. »

D'igo sourit, de son sourire large et plein. Rod s'étonna qu'un chien puisse devenir une copie aussi parfaite d'un homme. A part la pâleur qu'il devait à sa vie renfermée, D'igo semblait aussi bien fait et aussi intelligent qu'aucun homme que Rod eût jamais vu.

« Ce que vous avez entendu dehors », dit D'igo, « c'était un enregistrement de ma propre voix. Vous aimeriez entendre mon assistante chanter cette chanson ? C'est une fille qui a beaucoup de talent. Elle peut chanter indifféremment soprano ou contralto.

— Soprano », dit soudain A'gentur. D'igo le considéra d'un air étonné et réprobateur, mais comme les autres n'objectèrent rien, il dit : « Va pour soprano », et il murmura entre ses dents : « Pour un animal parlant, vous avez une instruction fantastique ! »

Puis, s'adressant au mur : « Trente et un, troisième version. » Il se tourna vers ses hôtes : « Asseyez-vous, je vous prie... »

Ignoraba yo coula des haut-parleurs, en sonorités pleines et hypnotiques, émises par une magnifique voix de femme.

AFFRONTEMENT ET PROVOCATION

Cela représente l'apogée du drame musical de Hansgeorg Wagner. Les quatre protagonistes écoutent la musique : A'gentur, assis par terre, qui recommence à s'endormir ; les deux êtres-chats, C'mell la rousse et Rod le blond, les yeux dans le vague, qui concentrent toute leur attention sur la musique ; l'hôte, D'igo, un demi-sourire jouant sur son visage, contemplant ses visiteurs. Wagner combine le frisson provoqué par l'ancienne musique illégale avec quelques compositions personnelles fort bien enlevées.

Ses bois représentent un doux froufrou dans le corridor.

Un léger roulement de tambour annonce les nouveaux arrivants :

Une grande femme impitoyablement intelligente, vêtue d'une robe blanc et noir spectaculaire et de coupe incroyablement classique, accompagnée de deux soldats-robots de haut grade, tout chamarrés d'or et d'argent, leurs yeux larmoyants enregistrant en même temps tous les coins de la pièce et leurs lourdes armes déjà bourdonnantes d'une mort potentielle.

« Moi », dit la femme, « je suis Dame Johanna Gnade. *Vous,* vous êtes D'igo, l'historien de la musique. J'ai entendu votre œuvre… »

Rod se leva et lui coupa la parole. Bien qu'elle fût grande, il la dépassait de plusieurs centimètres. « Moi », dit-il, copiant avec perfection le ton et les manières de Dame Johanna, « je suis Rod McBan, propriétaire de cette pièce. Vous pouvez vous asseoir, Dame et Maîtresse, si vous le désirez. Les robots peuvent s'asseoir aussi, si ça leur fait plaisir. »

Pendant quelques secondes mémorables, ces deux personnages s'affrontèrent : la grande femme brune, le grand adolescent blond déguisé en chat. Il ne s'agissait pas là d'une rencontre d'individus, mais de l'affrontement de deux systèmes, la puissance expérimentée de l'Instrumentalité contre la force innée et disciplinée des Norstraliens.

La femme céda, un peu.

« Vous êtes rapide, jeune homme. Vous vous nommez Rod McBan et vous avez acheté la Terre. Pourquoi ?

— Asseyez-vous », dit Rod, avec fermeté mais gentillesse. « C'est une longue histoire, et je ne voudrais pas fatiguer une Dame… »

Johanna Gnade intervint sèchement : « Ne vous inquiétez pas pour ma qualité de femme. Je suis l'un des Seigneurs de l'Instrumentalité. Et résumez votre histoire !

— Asseyez-vous s'il vous plaît, Dame et Maîtresse. Et dites à vos robots de se mettre à leur aise. » Il y avait un soupçon d'autorité en plus de la courtoisie dans sa voix, mais quand même rien dont elle pût s'offenser.

« C'est bien la première fois qu'un sous-être m'oblige à m'asseoir », grommela-t-elle, prenant un pouf et s'y asseyant, très raide. « Lieutenant, capitaine, allez tous les deux dans le hall. En fait, coupez toutes les communications extérieures avec cette pièce, mais enregistrez vous-mêmes la scène, afin que je la conserve pour mes archives. »

Les deux robots éteignirent leurs armes. Ils firent vivement le tour de la pièce, touchant les murs par-ci, par-là. Le plus chamarré dit : « Aucun danger, Maîtresse ! »

Elle ne les remercia pas. Elle se contenta de leur montrer la porte brisée d'un signe de tête. Ils sortirent dans le corridor sombre.

Dame Johanna Gnade regarda C'mell. « Et vous, vous êtes C'mell. Je vous ai déjà vue. En fait, je vous ai vue plusieurs fois, presque toujours en temps de troubles. Etes-vous l'un de nos agents confidentiels ? On vous déclare toujours innocente, quoi qu'il arrive.

— Non, Madame. Je suis seulement une librefille. Je travaille à Terraport, j'accueille les visiteurs d'outre-planète et je les distrais.

— Je ne suis pas sûre de croire le mot *seulement* », dit Dame Johanna Gnade. « Qui vous a confié cette mission, cette fois ?

— Le Seigneur Jestocost », dit C'mell, un peu inquiète.

« Jestocost ? » répéta Dame Johanna Gnade. « S'il en est ainsi, je n'ai plus rien à faire ici. N'entrez plus nulle part par effraction, Maître McBan, avant d'en parler avant au Seigneur Jestocost. La Vieille Terre n'est pas un Commonwealth de citoyens comme la Vieille Australie du Nord. Souvent, nous tuons d'abord et questionnons après. Mais puisque je suis ici, j'aimerais quand même entendre votre version de l'histoire avant de partir. Quel âge avez-vous ?

— Chronologiquement, j'ai environ soixante-cinq ans. Mais j'ai recommencé quatre fois un cycle de seize ans, de sorte que, biologiquement, j'ai seize ans.

— Et vous êtes un humain ?

— Certainement. Cette apparence de chat n'est qu'un déguisement.

— Non, je voulais dire : vous êtes un adulte, suivant l'horrible coutume de votre planète natale ?

— Citoyen. C'est citoyen que nous disons. Oui, j'ai passé l'épreuve du Jardin de la Mort.

— Pourquoi avez-vous acheté la Terre ?

— Pour me protéger, Dame et Maîtresse.

— Vous protéger contre quoi ? Je croyais que la Norstralie protégeait tous ses citoyens, jusqu'au dernier, une fois qu'ils avaient passé ce test de survie.

— En général, oui. Mais il se trouve que je n'avais qu'un seul ennemi, et qu'il était l'Onseck de toute l'administration du Commonwealth.

— Onseck ? C'est un mot que je connais pas.

— Honorable Secrétaire. L'homme qui expédie les affaires courantes pour Son Absente Majesté la Reine.

— J'ai entendu parler de cette coutume. Pourquoi vous haïssait-il ?

— Nous étions tous les deux infirmes, il y a longtemps. J'étais — je suis toujours — télépathiquement sourd et muet. La plupart du temps. Je ne peux ni koser ni inteindre, et je dois m'en remettre à la voix parlée comme les étrangers et les barbares. Lui, c'était un éphémère, qui ne pouvait pas prendre de stroon, la drogue...

— Je sais tout sur le stroon », dit-elle, « la drogue d'immortalité. En fait, mes veines en sont pleines en ce moment même. J'approche de mon six centième anniversaire.

— Compliments, Dame et Maîtresse.

— Je vous en prie. Que s'est-il passé ?

— Quand j'ai su qu'il voulait me supprimer, je suis allé consulter l'ordinateur de ma famille. Il est entièrement mécanique. Sans un seul cerveau ou relais animal.

— Je ne savais pas qu'il en restait encore un.

— Je l'ai réparé moi-même », dit Rod.

Dans cette partie du drame musical de Hansgeorg Wagner sur Rod, la musique s'assourdit un peu parce qu'il laisse Rod et Dame Johanna Gnade parler de leur voix normale, n'utilisant la musique que comme accompagnement. De temps en temps, il laisse un spot se poser sur le visage calme et le torse puissant de D'igo, le musicologue ; dans ces instants, l'orchestre entonne un motif fugué d'*Ignoraba yo.* Sinon, la musique de cette partie de la pièce est plutôt insignifiante.

« Si vous n'étiez pas si riche », dit Dame Johanna Gnade, « j'aimerais vous acheter cette machine pour notre musée de Terraport.

— Elle n'est pas à vendre, Dame et Maîtresse. A aucun prix.

— Je m'en doute. Qu'a-t-elle fait pour vous ?

— Elle a battu les ordinateurs du Commonwealth sur leur propre terrain, et je suis devenu l'homme le plus riche de l'univers.

— Ainsi, vous avez été obligé de vous remettre à fuir. D'abord parce que vous étiez persécuté. Puis parce que vous étiez devenu très riche. Quand êtes-vous arrivé ici ?

— Aujourd'hui.

— Où avez-vous séjourné entre le moment où vous avez quitté la Norstralie et aujourd'hui ?

— Sur Mars, Dame et Maîtresse.

— Est-il bien nécessaire que vous continuiez à vous adresser à moi en me donnant ce double titre ?

— Oui, Dame et Maîtresse. C'est notre coutume. Nous ne changeons pas souvent nos coutumes. »

Dame Johanna Gnade éclata d'un rire amical — le premier depuis leur rencontre. « D'accord. Quel est le vôtre ?

— Mon quoi ?

— Votre double titre. Vous en avez un, n'est-ce pas ? »

Ce fut au tour de Rod d'être embarrassé. « C'est

Sieur et Propriétaire, Dame et Maîtresse. Mais vous n'êtes pas obligée de vous en servir tout le temps. Après tout, nous sommes sur la Terre.

— Mais c'est vous qui en êtes le propriétaire.

— D'accord, vous l'emportez, Madame.

— Comment vont vos parents, Sieur et Propriétaire McBan ? »

Son visage s'assombrit. « Ils sont morts.

— Comment ?

— Leur vaisseau est devenu laiteux en planoformant dans Espace II.

— Vous aimez quelqu'un ?

— Oui, Madame, ma servante Eleanor.

— Où est-elle ?

— Quelque part dans cette tour, Madame.

— Qu'est-ce qu'elle y fait ?

— Elle se fait passer pour moi, Madame, pendant que je me fais passer pour un homme-chat. Ils l'ont métamorphosée en jeune homme pendant qu'ils me restructuraient pour me faire ressembler à un sous-être.

— Restructuré ? Vous ? Gelé, déshydraté, découpé, mis en boîte ? Vous ? Qui l'a fait ?

— Ce petit singe-docteur », dit Rod en montrant A'gentur endormi par terre.

Dame Johanna Gnade s'adressa directement à A'gentur : « Hé là ! singe ! Réveille-toi ! Il parle, n'est-ce pas ? »

A'gentur entrouvrit un œil pour jeter un bref regard sur Dame Johanna Gnade. Quelques secondes plus tard, dormant à poings fermés, il ronflait.

Dame Johanna Gnade considéra A'gentur avec attention. D'un geste impérieux de la main droite, elle imposa le silence aux autres. Puis, des deux mains, elle fit une passe au-dessus d'A'gentur. Le singe ne bougea ni ne s'éveilla.

« Je n'aime pas ça ! » dit-elle. « Je n'aime pas ça du tout ! Cet être a l'apparence d'un animal, mais je n'arrive pas à déterminer si c'est un humain ou un sous-être. Il s'est endormi en ma présence. Je lui ai lancé toute la force télépathique de l'Instrumentalité, et il est *resté endormi.* Une chose pareille ne m'était jamais arrivée ! »

C'mell dit, très doucement : « Il a été envoyé en Norstralie à la demande du Seigneur Redlady.

— Redlady ? Redlady ? » dit Dame Johanna Gnade. « Il est encore en service ?

— Oui, Madame », dit Rod.

« Redlady à un bout, et Jestocost à l'autre ! Vous ne pouviez pas trouver deux cinglés... je veux dire deux personnalités pareilles dans toute l'Instrumentalité. Vous êtes en bonnes mains, jeune homme. Et qu'est-ce que vous espérez tirer de tout cela ?

— Une visite à la Terre, un peu d'aventure, ma vie, et la plus grande partie de ma fortune, Dame et Maîtresse. »

Pour un peu, on aurait cru qu'elle allait perdre sa dignité et se mettre à siffler d'étonnement. « Rien que ça ? Vous n'êtes pas pour les demi-mesures !

— Je gagnerai », dit Rod. « C'est sûr que je gagnerai. A la norstralienne.

— C'est-à-dire ? »

Il redevint sérieux. « Ne jamais faire de projets d'avenir. Se projeter d'une situation à une autre. Ne jamais prendre de décision soi-même quand on peut la laisser prendre à un autre tout en tirant soi-même le bénéfice de la situation. Et, par-dessus tout...

— Par-dessus tout ? » demanda doucement Dame Johanna Gnade.

« Par-dessus tout *ne jamais se faire prendre en train de gagner.* Gagner, oui, mais ne pas le montrer.

— Vous ne craignez rien », sourit-il en se levant. « Vous n'avez pas besoin de ma protection. Et vous ne subirez pas mon châtiment. Je n'aimerais pas vous arrêter, jeune comme vous êtes. Avec les compagnons que vous avez, vous valez pratiquement une armée. Votre amie, C'mell...

— Oui, Madame », dit C'mell.

« Elle ne se fait jamais prendre. Quoi qu'elle fasse. » Dame Johanna sourit. Elle continua : « Et cette petite chose endormie par terre, ce soi-disant singe. Je n'arrive pas à le faire parler. Je n'arrive même pas à déterminer sa vraie nature. Vous êtes en bonne compagnie, jeune homme. J'en parlerai au Seigneur Jestocost, un de ces jours. Vous me serrez la main ? »

Poliment, Rod tendit sa main droite.

Elle le stoppa d'un geste. « Je voulais juste me montrer aimable. Est-ce que c'est la coutume de se serrer la main, en Norstralie, Sieur et Propriétaire McBan — une coutume entre hommes et femmes ?

— En effet, c'est la coutume, Dame et Maîtresse. »

Ils se serrèrent cordialement la main.

« N'emportez pas une trop grande partie de la Terre avec vous quand vous rentrerez dans votre patrie ! » lui cria-t-elle comme elle s'enfonçait dans le noir du corridor, appelait ses robots et entrait dans le puits de descente.

D'igo dit : « Revenez si vous le désirez, Sieur et Propriétaire McBan. Venez me voir quand vous voudrez, Madame C'mell. Au revoir, singe.

— Merci », dit A'gentur, parfaitement réveillé. « Allons manger. »

DEUXIÈME PARTIE

DISCOURS ET RECOURS

ROD MCBAN, déguisé en chat, flotta vers le bas du puits de descente et vers la rencontre la plus étrange pouvant survenir à un homme de son époque. C'mell flottait à son côté. Elle serrait sa jupe entre ses genoux pour ne pas se mettre en situation impudique. A'gentur, sa petite main de singe légèrement posée sur l'épaule de C'mell, appréciait le toucher de ses doux cheveux roux qui flottaient doucement au-dessus de sa tête, entraînés par le courant d'air ascendant que créait leur chute même ; il lui tardait de redevenir E-ikasus, et il admirait profondément C'mell, mais l'amour entre différentes espèces de sous-êtres était nécessairement platonique. Physiologiquement, ils ne pouvaient se reproduire en dehors de leur souche propre, et, émotionnellement, il leur était difficile de comprendre les besoins les plus impérieux d'une autre forme de vie, même fort proche. C'est pourquoi E-ikasus désirait sincèrement et profondément avoir C'mell pour amie, et rien de plus.

Tandis qu'ils descendaient, relativement tranquilles, d'autres, sur différents mondes, s'inquiétaient de leur sort.

LA CABINE DE LA STATION DE LA FIN DU MONDE, LE MÊME JOUR

« Tante Doris, il est mort, il est mort, il est mort ! Je le sens.

— Sottises, Lavinia ! Il est peut-être en difficulté sans que nous le sachions. Mais avec tout son argent, le Gouvernement ou l'Instrumentalité se servirait du Grand Ordinateur pour annoncer tout changement dans le statut de ses propriétés. Je ne voudrais pas te sembler sans cœur, mon petit, mais, quand il y a tant de richesses en cause, les gens agissent vite.

— Il est *tellement* mort. »

Doris n'était pas femme à négliger les arts télépathiques. Elle se souvenait comment les Norstraliens étaient sortis de la furie infernale de Paradis VII. Elle alla au buffet et y prit une jarre d'étrange couleur. « Tu sais ce que c'est ? » dit-elle à Lavinia.

La jeune fille, malgré son abattement intérieur, se força à sourire. « Oui », dit-elle. « Depuis le temps où je n'étais pas plus grande qu'un mini-éléphant, on m'a toujours dit que cette jarre était « pas toucher ».

— Bonne petite, si tu n'y as pas touché ! » dit ironiquement tante Doris. « C'est un mélange de stroon et de miel de Paradis VII.

— Du miel ? » cria Lavinia. « Je croyais que personne ne retournait dans cet horrible endroit !

— Certains y retournent », dit tante Doris. « Il semble que certaines formes de vie terrestres aient pris la relève et continuent à s'y reproduire. Dont les abeilles. Le miel a des pouvoirs sur l'esprit humain. C'est un puissant hypnotique. Nous le mélangeons avec du stroon pour être certains qu'il n'est pas dangereux. »

Tante Doris plongea une cuillère dans la jarre, l'en retira et la tourna pour enrouler les épais fils de miel avant de la tendre enfin à Lavinia. « Tiens », dit-elle. « Prends ça et lèche ! »

Lavinia hésita, puis obéit. Quand la cuillère fut vide, elle se lécha les lèvres et rendit la cuillère propre à tante Doris, qui la mit de côté pour la laver plus tard. D'abord, solennellement, elle remit la jarre sur l'étagère la plus haute du buffet, le ferma à clé, et mit la clé dans la poche de son tablier.

« Allons nous asseoir dehors », dit-elle.

« Quand est-ce que ça va arriver ?

— Quand est-ce que va arriver quoi ?

— Les transes — les visions — ce que cette substance est censée provoquer ? »

Tante Doris rit, de son rire las et rationnel. « Oh, ça ! Parfois, il n'arrive rien du tout. De toute façon, ça ne te fera aucun mal, mon petit. Asseyons-nous sur le banc. Je te préviendrai si tu commences à avoir un drôle d'air. »

Elles s'assirent sur le banc, sans rien faire. Deux ornithoptères de la police, volant juste au-dessous de l'éternelle couverture de nuages gris, surveillaient tranquillement la Station de la Fin du Monde. Ils la surveillaient depuis que l'ordinateur de Rod lui avait montré comment gagner tout cet argent, sa fortune continuant à s'empiler, presque plus vite que les ordinateurs ne pouvaient la compter. Les oiseaux-moteurs planaient paresseusement, en un vol magnifique. Les opérateurs avaient synchronisé les battements des deux paires d'ailes de sorte qu'on aurait dit des rhuks en train d'exécuter un ballet. L'effet captiva l'attention de Lavinia et de tante Doris.

Soudain, Lavinia se mit à parler, d'une voix claire, incisive, exigeante, tout à fait différente de sa voix habituelle : « Tout est à moi, n'est-ce pas ? »

Doris murmura doucement : « Quoi, ma chérie ?

— La Station de la Fin du Monde. De toute façon, je suis l'une des héritières, non ? » Lavinia fit une moue boudeuse et suffisante, qui lui aurait fait honte si elle avait été dans son état normal.

Tante Doris ne dit rien. Elle hocha la tête en silence.

« Si j'épouse Rod, je serai Maîtresse et Propriétaire McBan, la femme la plus riche qui ait jamais vécu. Mais si je l'épouse, il me haïra parce qu'il pensera que je l'ai épousé pour son argent et sa puissance. Mais j'ai toujours aimé Rod, surtout parce qu'il ne pouvait ni koser ni inteindre. J'ai toujours su qu'il aurait besoin de moi, un jour, mais pas comme papa, qui n'arrêtait pas de chanter sans arrêt ses petites chansons fières et démentes ! Mais comment pourrai-je l'épouser, maintenant... ? »

Doris murmura très douce, très insinuante : « Cherche Rod, ma chérie. Cherche Rod dans cette partie de ton esprit qui le croyait mort. Cherche Rod, Lavinia, cherche Rod. »

Lavinia rit joyeusement, du rire d'un petit enfant.

Elle se mit à contempler ses pieds, le ciel, Doris — et son regard voyait au-delà.

Ses yeux lui semblaient se déciller. Quand elle reprit la parole, ce fut de sa voix normale d'adulte :

« Je vois Rod. Quelqu'un l'a métamorphosé en homme-chat, comme dans les photos que j'ai vues des sous-êtres. Et il y a une fille avec lui — une fille, Doris — et je ne peux pas être jalouse qu'elle soit avec lui. C'est la fille la plus belle qui ait jamais vécu sur aucun monde. Tu devrais voir ses cheveux, Doris. C'est comme une envolée de feu divin. Est-ce Rod ? Je ne sais pas. Je ne suis pas sûre. Je ne vois pas. »

Assise sur le banc, elle regardait Doris droit dans les yeux, sans rien dire, et pleurait à chaudes larmes.

SUR LA PLAGE DE MEEYA MEEFLA, SUR TERRE, LE MÊME JOUR

« Père, vous ne pouvez pas être là. Vous ne venez jamais ici !

— Pourtant j'y suis venu », dit le Seigneur William Pas-d'Ici. « Et c'est important !

— Important ? » dit Ruth en riant. « Alors, ce

n'est pas pour moi. Je ne suis pas importante. C'est votre travail qui l'est. » Elle regarda en direction du rebord de Terraport, qui flottait, distinct et circulaire, au-delà des crêtes de lointains nuages.

Le Seigneur, trop élégamment vêtu, était incongrûment accroupi sur le sable.

« Ecoute, mon petit », dit-il lentement et avec emphase. « Je ne t'ai jamais demandé grand-chose, mais je te demande quelque chose maintenant.

— Oui, père », dit-elle, un peu effrayée par cette solennité insolite — généralement, son père la traitait avec naturel et familiarité, et tout aussi généralement l'oubliait dix secondes après qu'il avait fini de lui parler.

« Ruth, tu sais que nous sommes des Norstraliens ?

— Nous sommes riches, si c'est ce que tu veux dire. D'ailleurs, pour l'importance que ça a !

— Je ne parle pas de richesses. Je parle de notre patrie, et je parle sérieusement !

— La patrie ? Nous n'avons jamais eu de patrie, père.

— La Norstralie ! » grogna-t-il à son adresse.

« Je ne l'ai jamais vue, père. Et vous non plus. Ni votre père. Ni grand-père. De quoi parlez-vous donc ?

— Nous pouvons retourner dans notre patrie !

— Père, qu'est-ce qui se passe ? Avez-vous perdu l'esprit ? Vous m'avez toujours dit que votre famille avait acheté le droit de partir, et ne pouvait plus jamais retourner. Que s'est-il passé ? Ont-ils changé les lois ? D'ailleurs, je ne suis même pas sûre d'avoir envie d'y retourner. Pas d'eau, pas de plages, pas de villes. Juste une planète sèche et ennuyeuse avec des moutons malades et des tas de fermiers immortels qui se déplacent partout armés jusqu'aux dents !

— *Ruth, tu peux nous permettre d'y retourner !* »

Elle bondit sur ses pieds et épousseta le sable de son séant. Elle était un peu plus grande que son père ; bien qu'il fût très élégant et aristocratique, sa fille était une personne encore plus distinguée. Il était évident pour quiconque la voyait qu'elle ne manquerait jamais de soupirants et de prétendants.

« D'accord, père. Vous avez toujours des projets. En général, c'est de l'argent antique. Aujourd'hui, je dois jouer un rôle dans vos plans, sinon vous ne seriez pas là. Père, qu'est-ce que vous attendez de moi ?

— Que tu te maries. Que tu te maries avec l'homme le plus riche qui ait jamais existé dans l'univers.

— Rien que ça ? » dit-elle en riant. « Evidemment que je l'épouserai. Je n'ai encore jamais épousé un homme d'outre-planète. Vous m'avez pris un rendez-vous avec lui ?

— Tu ne comprends pas, Ruth. Il ne s'agit pas d'un mariage terrien. D'après la loi norstralienne, on n'épouse qu'un seul homme, on ne se marie qu'une fois, et on reste marié avec lui jusqu'à la fin de ses jours. »

Un nuage passa sur le soleil. La plage devint plus fraîche. Elle regarda son père avec un curieux mélange de sympathie, de mépris et de curiosité.

« Alors ça ! » dit-elle, « je ne vais pas acheter chat en poche. Il faut d'abord que je le voie !... »

ANTICHAMBRE DE LA CLOCHE ET DE LA BANQUE, TERRAPORT, LE MÊME JOUR

Une femme-ours, en uniforme d'infirmière auquel ne manquait pas même le bonnet empesé, poussa dans la salle le fauteuil roulant du Seigneur Crudelta. Jestocost leva les yeux des rapports situationnels qu'il était en train de parcourir. Quand il vit qui entrait, il fit une profonde révérence à Crudelta. La femme-ours, intimidée par l'importance de l'endroit et les grands dignitaires qu'elle y voyait, parla d'une voix singulièrement aiguë, suppliant :

« Seigneur et Maître Crudelta, puis-je vous laisser ici ?

— Oui, retirez-vous. Je vous appellerai plus tard. Allez aux toilettes en sortant. C'est à droite !

— Seigneur... ! » protesta-t-elle avec embarras.

« Vous n'auriez pas osé y aller si je ne vous l'avais pas dit. Voilà une demi-heure que j'observe votre esprit. Allez, maintenant ! »

La femme-ours sortit dans un grand froufrou de jupes empesées.

Quand Crudelta le regarda bien en face, Jestocost lui fit une profonde révérence. Il regardait droit dans les yeux le très, très vieil homme, et dit avec un accent qui pouvait être de la fierté :

« Toujours aussi rusé, Seigneur et Collègue Crudelta !

— Et vous de même, Jestocost ! Comment allez-vous faire pour sortir ce garçon des égouts ?

— Quel garçon ? Quels égouts ?

— Nos égouts. Le garçon à qui vous avez vendu cette tour. »

Pour une fois, Jestocost resta sans voix. Sa mâchoire s'affaissa. Puis il se reprit et dit : « Vous êtes bien renseigné, Seigneur Crudelta.

— Certainement », dit Crudelta, « j'ai mille ans de plus que vous, par-dessus le marché. Ma récompense pour revenir du Rien-du-Tout.

— Je sais cela, Seigneur. » Le visage plein et aimable de Jestocost ne trahissait aucune inquiétude, mais il se mit à étudier avec grande attention l'homme qui était en face de lui. Dans la force de son âge, le Seigneur Crudelta avait été le plus grand des Seigneurs de l'Instrumentalité, un télépathe dont les autres Seigneurs avaient toujours un peu peur, parce qu'il lisait dans les esprits si vite et si habilement qu'il était le meilleur pickpocket mental qui eût jamais vécu. Très conservateur, il ne s'était jamais opposé à une politique spécifique pour la seule raison qu'elle allait contre ses appétits. Par exemple, il avait fait adopter la loi sur la Redécouverte de l'Homme en sortant de sa retraite pour haranguer vigoureusement le Conseil en faveur de la réforme. Jestocost ne l'avait jamais aimé — qui aurait aimé une langue tranchante comme une épée, un esprit d'un brillant insoutenable, un vieil ego froid qui ne réclamait ni n'offrait jamais aucune amitié ? Jestocost savait que si le vieillard avait découvert l'aventure de Rod McBan, il pouvait très bien être sur la piste du marché précédent de Jestocost avec... non, non, non ! Surtout, ne pas y penser ici, pas sous ces yeux pénétrants qui l'observaient.

« Je suis aussi au courant de ça », dit le très, très vieil homme.

« De quoi ?

— Du secret que vous essayez de dissimuler plus que tout autre chose. »

Jestocost resta debout, résigné, attendant le coup qui allait tomber.

Le vieillard éclata de rire. La plupart des gens se seraient attendus à un rire grinçant sortant de ce jeune et beau visage planté sur un corps frêle et décharné d'araignée. Ils auraient eu tort. C'est un rire plein, spontané et chaleureux qui retentit.

« Redlady est un imbécile ! » dit Crudelta.

« Je le pense aussi », dit Jestocost, « mais quelles sont vos raisons, à vous, pour parler ainsi, Seigneur et Maître ?

— Eloigner ce jeune homme de sa planète-mère, alors qu'il possède tant de richesses et si peu d'expérience ! »

Jestocost hocha la tête, préférant se taire jusqu'à ce que le vieillard eût révélé sa tactique d'attaque.

« Toutefois, votre idée me plaît », dit le Seigneur Crudelta. « Lui vendre la Terre, puis le taxer dessus. Mais quel est votre but ultime ? Faire de lui l'Empereur de la Planète Terre, suivant l'ancien usage ? L'assassiner ? Le rendre fou ? Le faire séduire par cette fille-chat à votre solde, et le renvoyer chez lui ruiné ? J'avoue avoir aussi pensé à ces solutions, mais je ne voyais pas bien comment les accorder avec votre passion pour la justice. Pourtant il est une chose que vous ne pouvez pas faire, Jestocost. Vous ne pouvez pas lui vendre la terre, puis le faire vivre ici pour la gouverner. Il pourrait désirer faire de cette tour sa résidence. Ça, c'en serait trop. Je suis trop vieux pour déménager. Et il ne peut pas non plus empaqueter l'océan pour l'emporter chez lui en souvenir. Vous vous êtes tous montrés très astucieux, Seigneur — assez pour faire des sottises. Vous avez créé une crise bien inutile. Quel bénéfice allez-vous en tirer ? »

Jestocost plongea. Le vieillard avait dû lire dans son esprit. Il n'aurait pu nulle part ailleurs rassembler tous les détails de l'affaire. Jestocost décida de lui dire la vérité, toute la vérité. Il commença par le jour où le Grand Ordinateur avait conclu les énormes transactions concernant la future production de stroon, les paris financiers qui, en ce qui concernait le marché des denrées agricoles, avaient bientôt débordé la Norstralie et avaient commencé à déséquilibrer l'économie de tout le monde civilisé. Le tout dirigé et calculé par le vieil ordinateur de la famille McBan, qui, interrogé par son nouveau Sieur et Propriétaire pour savoir comment il pouvait échapper à l'animosité de l'Onseck, avait répondu que la seule solution était de devenir l'homme le plus riche de l'univers — et qui avait réalisé la chose en quatre heures. Il raconta tout ce qu'il devait savoir sur l'envoi rapide mais complexe de Rod vers la Terre, supervisé par Redlady, le Seigneur tombé en disgrâce — le déguisement en homme-chat, et les neuf doubles de Rod, la servante Eleanor et les huit robots, pour tromper les voleurs, les kidnappeurs et toute personne pouvant manifester un intérêt malsain à l'égard de l'homme le plus riche de tous les temps...

« Dites-moi ce que vous avez l'intention de faire », dit le Seigneur Crudelta. « Si ça me plaît, je vous aiderai. Si ça ne me plaît pas, je porterai toute l'affaire devant un conseil plénier, ce matin même, et vous savez qu'ils réduiront à néant votre géniale idée. Ils confisqueront probablement les richesses du jeune homme, l'enverront dans un hôpital et l'en feront sortir parlant basque comme un chanteur de flamenco. Vous savez aussi bien que moi que l'Instrumentalité est très généreuse avec les propriétés des autres, mais assez brutale quand il s'agit de menaces dirigées contre elle-même. Après tout, je suis l'un des hommes qui ont anéanti Raumsog. »

Jestocost prit la parole, très posé, très calme. Il parla avec l'assurance d'un comptable qui, ses livres en ordre, explique un point compliqué à son directeur. Vieux lui-même, il n'était qu'un enfant comparé à l'âge et à l'ancienneté du Seigneur Crudelta. Il entra dans les détails, y compris l'ultime disposition de Rod McBan. Il fit même part au Seigneur Crudelta de ses sympathies envers le sous-peuple et de son combat discret et secret pour améliorer leur condition. La seule chose qu'il ne mentionna pas, ce fut l'E'telekeli et le contre-ordinateur que le sous-peuple avait installé dans le Tréfonds. Si le vieillard savait, il savait, et Jestocost n'y pouvait rien, mais s'il ne savait pas, ce n'était pas la peine de le mettre au courant.

Le Seigneur Crudelta ne réagit pas par un enthousiasme sénile ni par un rire infantile. Il remonta, non à son enfance, mais à sa maturité ; avec beaucoup de dignité et de force, il dit : « J'approuve et je comprends. Je vous délègue mes pouvoirs si vous en avez besoin. Appelez mon infirmière pour qu'elle vienne me chercher. Je pensais que vous étiez un dingue astucieux, Jestocost. Vous l'êtes parfois. Aujourd'hui, vous montrez que vous avez un cœur aussi bien qu'une tête.

— Et l'ex-Seigneur Redlady ? » demanda Jestocost avec déférence.

« Lui, rien. Rien. Laissez-le vivre sa vie. Les Norstraliens peuvent aussi bien faire leurs dents politiques sur lui. »

La femme-ours entra en froufroutant dans la pièce. Le Seigneur Crudelta agita la main en signe d'adieu.

Jestocost s'inclina presque jusqu'au sol, et le fauteuil roulant, lourd comme un tank, franchit le sol en grinçant.

« Cela », dit Jestocost, « aurait pu créer des difficultés ! » Il s'épongea le front.

TROISIÈME PARTIE

LA VOIE
VERS LE MAÎTRE-CHAT

ROD, C'mell et A'gentur avaient été obligés de se ranger plusieurs fois contre les parois du puits à mesure que le trafic s'intensifiait et que de lourds chargements les dépassaient. Pendant l'un de ces arrêts, C'mell, à voix basse, dit vivement quelque chose au petit singe. Rod, qui ne faisait pas attention à eux, ne perçut rien de l'enthousiasme et du bonheur soudains qu'exprimait sa voix. La réponse murmurée du singe la rendit plaintive et elle insista : « Mais, Yékasusse, tu le dois ! La vie tout entière de Rod pourrait en dépendre. Il n'est pas seulement question de sauver sa vie maintenant, mais d'une vie plus heureuse pendant des centaines et des centaines d'années. »

Le singe était de mauvaise humeur. « Ne me demande pas de penser quand j'ai faim. Ce métabolisme rapide et ce petit corps ne sont tout simplement pas suffisants pour entretenir une pensée véritable.

— Si c'est à manger que tu veux, tiens, voilà des raisins secs. » De l'un de ses deux sacs identiques, elle tira un pavé de raisins secs compressés.

A'gentur les mangea avidement, mais sans se dérider.

Rod détourna d'eux son attention en voyant de magnifiques meubles dorés, finement sculptés et incrustés d'une matière nacrée, et que toute une troupe d'hommes-chiens bavards pilotaient vers le haut du puits. Il leur demanda où ils livraient ces meubles. Ne recevant pas de réponse, il répéta sa question d'un ton plus impérieux, comme il seyait au plus riche Norstralien de l'univers. Le ton de la question provoqua des réponses, mais ce n'était pas celles qu'il attendait. « Miaou », dit un homme-chien. « La ferme ! Ou je te chasse dans un arbre. » « T'es pas chez toi, mon pote. Et d'ailleurs, pour qui tu te prends ? Pour un humain ? » « Les chats sont toujours curieux. Regarde-moi celui-là ! » Le chien-contremaître, animé d'un mouvement ascendant, apparut à sa vue ; avec dignité et gentillesse, il dit à Rod : « Ami chat, si tu te sens envie de parler, il pourra t'en cuire. Mieux vaut te taire dans un puits public ! » Rod réalisa que, pour ces êtres, il était l'un d'eux, un chat métamorphosé en homme, et que les sous-êtres qui servaient la Vieille Terre avaient été dressés à ne pas bavarder pendant qu'ils travaillaient pour l'Homme.

Il saisit la fin de ce que C'mell murmurait à A'gentur d'un ton pressant : « ... Et ne lui demande pas. *Dis-lui.* Nous allons risquer la zone des humains pour une visite au Maître-Chat ! *Dis-lui !* »

A'gentur, la respiration oppressée, haletait. Ses yeux semblaient jaillir de leurs orbites, et pourtant il ne regardait rien. Il gémit, comme en proie à une violente lutte intérieure. A la fin, il perdit sa prise sur le mur, et se serait remis à descendre en flottant si C'mell ne l'avait pas rattrapé et pris sur son bras comme un bébé. Elle chuchota, impatiente : « Tu l'as contacté, *lui ?*

— Lui », souffla le petit singe.

« Qui ? » demanda Rod.

« Tais-toi ! » dit C'mell. « Je te dirai plus tard. » A A'gentur, elle demanda : « Tu l'as contacté, *lui ?* Qu'est-ce qu'*il* a dit ?

— Il a dit : « E-ikasus, je ne dis pas non. Tu es mon fils. Prends ce risque si tu crois que c'est sage. » Et ne me demande plus rien maintenant, C'mell. Laisse-moi réfléchir un peu. J'ai fait tout le voyage jusqu'en Norstralie et retour. Je suis toujours recroquevillé dans ce petit corps Pourquoi ne pas aller le voir, *lui.* » A'gentur montra d'un signe de tête les profondeurs au-dessous d'eux, « afin de découvrir pourquoi nous voulons Rod ? Rod est un moyen, non une fin. Qui sait vraiment quoi faire de lui ?

— De quoi parlez-vous ? » demanda Rod.

En même temps, C'mell s'exclamait : « Je sais ce que nous allons faire de lui ! »

« Quoi ? » dit le petit singe, de nouveau très fatigué.

« Nous allons laisser ce garçon partir en liberté et connaître le bonheur, et s'il veut nous accorder son aide, nous l'accepterons avec reconnaissance. Mais nous n'allons pas le voler. Ni lui faire du mal. Ce serait une façon méchante et malhonnête de commencer à devenir des créatures meilleures que nous ne sommes. S'il sait qui il est avant de *le* rencontrer, ils pourront discuter. » Elle se tourna vers Rod et dit d'un ton mystérieusement pressant :

« Ne désires-tu pas savoir qui tu es ?

— Je suis Rod McBan, cent cinquante et unième du nom », dit-il vivement.

« Chut ! Pas de noms ici. Je ne parle pas de noms. Je parle de ce qu'il y a tout au fond de toi. La vie même, telle qu'elle coule de toi. Qui tu es, en as-tu la moindre idée ?

— Tu t'amuses », dit-il. « Je sais parfaitement bien qui je suis, et où j'habite et ce que je possède. Je le sais même en ce moment où je suis censé être un homme-chat nommé C'roderick. Qu'y a-t-il d'autre à savoir ?

— Ah ! les hommes ! » gémit-elle à son adresse. « Vous, les hommes ! Même quand vous êtes des humains, vous êtes si épais que vous n'arrivez pas à comprendre une simple question ! Je ne te parle pas de ton nom, de ton adresse, de ta situation ou des propriétés de ton grand-père. Je te parle de *toi,* Rod, le seul qui vivra jamais, quel que soit le numéro que tes descendants mettront après leur nom. Tu n'es pas dans le monde juste pour posséder des richesses ou pour porter un nom avec un numéro derrière. Tu es *toi.* Il n'y aura jamais un autre toi. Il n'y en aura jamais un autre, après toi. Qu'est-ce que ce « toi » veut ? »

Rod baissa les yeux sur les murs du puits, qui semblait tourner — oh ! très loin plus bas — légèrement vers le nord. Il leva les yeux sur les petits losanges de lumière projetés sur les parois du tunnel par les portes des différents niveaux de Terraport. Il eut conscience de son propre poids supporté par la ceinture. Un demi-kilo, à peu près, un poids qui s'exerçait doucement sur sa main soudée à la surface verticale du puits. La ceinture elle-même le gênait. En fait, elle supportait la plus grande partie de son poids et elle le serrait. *Qu'est-ce que je désire ?* se demanda-t-il. *Qui suis-je pour avoir le droit de désirer quelque chose ? Je suis Rod McBan CLI, Sieur et Propriétaire de la Station de la Fin du Monde. Mais je suis aussi un pauvre infirme mal doué télépathiquement, et qui ne peut même pas koser ou inteindre correctement.*

C'mell le regardait d'un œil clinique de chirurgien, mais, à son expression, il ne pouvait dire si elle n'était pas en train d'essayer de surprendre une vue de son esprit.

Il s'étonna de parler avec autant de lassitude qu'A'gentur, qu'on appelait aussi « Yékasusse », ou quelque chose comme ça, et qui avait d'étranges pouvoirs pour un petit singe.

« Je ne crois pas qu'il y ait rien que je désire vraiment, C'mell, sauf que j'aimerais bien koser et inteindre correctement, comme les autres habitants de ma planète natale. »

Elle le regarda, et son expression trahissait une sympathie profonde en même temps que l'effort qu'elle faisait pour prendre une décision.

A'gentur l'interrompit de sa voix claire et aiguë de singe : « Répétez-moi cela, Seigneur et Maître ! »

Rod répéta : « Il n'y a rien que je désire vraiment. J'aimerais koser et inteindre parce que chez moi c'est la chose la plus importante qui soit. Et, pendant que je suis sur la Terre, j'aimerais bien me procurer le timbre bleu triangulaire de deux pennies du cap de

Bonne-Espérance. Mais c'est à peu près tout. Je crois qu'il n'y a rien que je désire vraiment. »

Le singe ferma les yeux et il parut de nouveau s'endormir. Rod pensait qu'il s'agissait d'une sorte de transe télépathique.

C'mell accrocha A'gentur à une vieille tige qui saillait de la surface du puits. Comme il ne pesait que quelques grammes, il n'exerça aucune traction. Elle saisit alors l'épaule de Rod et l'attira à elle.

« Rod, écoute ! Veux-tu savoir qui tu es ?

— Je l'ignore », dit-il. « Peut-être que j'en serai très malheureux.

— Pas si tu *sais* vraiment qui tu es !

— Peut-être que je n'apprécierai pas cela », dit Rod. « Il y a des gens qui ne m'aiment pas et mes parents sont morts quand leur vaisseau est devenu laiteux dans l'espace. Je ne suis pas normal !

— Rod ! pour l'amour de Dieu ! » s'écria-t-elle.

« De qui ?

— Pardonnez-moi, père », dit-elle alors qu'il n'y avait personne en vue.

« J'ai déjà entendu ce nom quelque part », dit Rod. « Mais repartons. Je veux arriver au mystérieux endroit où vous m'emmenez, et après je veux apprendre ce qu'est devenue Eleanor. Elle se fait passer pour moi, prend des risques pour moi, en même temps que huit robots. C'est mon devoir de faire ce que je peux pour elle. Toujours.

— Mais elle est *ta servante* », dit C'mell. « Elle te sert. Presque comme un sous-être, comme moi.

— C'est un être humain », dit Rod, obstiné. « Nous n'avons pas de sous-êtres en Norstralie, sauf quelques-uns qui occupent certains emplois dans le Gouvernement. Et elle est mon amie.

— Tu veux l'épouser ?

— Par le mouton malade, ma fille ! es-tu folle, non ?

— Tu veux épouser quelqu'un ?

— A seize ans ? » s'écria-t-il. « De toute façon, c'est ma famille qui s'en occupera. » La pensée de cette brave et honnête Lavinia lui traversa l'esprit, et il ne put se retenir de lui comparer cette créature incroyable et voluptueuse qui flottait à côté de lui dans le tunnel tandis que le trafic montait et descendait autour d'eux. Presque en apesanteur, les cheveux de C'mell flottaient autour de sa tête comme une fleur magique. De temps en temps, elle les écartait de ses yeux. Il grogna : « Pas Eleanor. »

Quand il dit cela, une autre idée traversa l'esprit de la superbe fille-chat.

« Tu sais ce que je suis, Rod », dit-elle très grave.

« Une fille-chat de la planète Terre. Tu es censée être ma femme.

— C'est exact. » Il y avait une étrange intonation dans sa voix. « Alors, sois-le !

— Quoi ?

— Mon mari », dit-elle, la voix un peu rauque. « Sois mon mari si ça doit t'aider à te trouver. »

Elle lança un coup d'œil vers le haut et vers le bas du puits ; il n'y avait personne près d'eux.

« *Regarde, Rod, regarde !* » Elle écarta l'ouverture de sa robe. Même à la lumière parcimonieuse du puits à laquelle les yeux de Rod s'étaient habitués, il put voir le fin réseau de veines de son torse délicat et ses jeunes seins en forme de poire. Les aréoles autour des mamelons étaient d'un rose clair, doux, innocent ; les mamelons eux-mêmes étaient aussi jolis que deux bonbons. Pendant un instant, il ressentit du plaisir, puis il fut submergé par un terrible embarras. Il détourna le visage, horriblement gêné. Ce qu'elle avait fait était fort intéressant, mais ce n'était pas *gentil.*

Quand il osa la regarder de nouveau, elle observait toujours son visage.

« Je suis une libre-fille, Rod. C'est mon métier. Et toi, tu es un chat, avec tous les droits d'un matou. Personne ne peut voir aucune différence, ici dans ce tunnel. Rod, *est-ce que tu veux faire quelque chose ?* »

Rod avala sa salive et ne dit rien.

Elle referma sa robe. Sa voix perdit son ton pressant.

« Je suppose », dit-elle, « que je suis un peu

oppressée. Je te trouve séduisant, Rod. Je me surprends à penser : *Quel dommage qu'il ne soit pas chat !* C'est passé, maintenant. »

Rod ne dit rien.

Avec un frisson de rire dans la voix, avec aussi quelque chose de maternel et tendre qui émut Rod, C'mell reprit : « Et le plus fort, Rod, c'est que je ne faisais pas ça sérieusement. Ou peut-être que si. Il fallait que je te donne une chance avant que je sente que je te connaissais vraiment. Rod, je suis l'une des plus jolies filles de la Vieille Terre. L'Instrumentalité m'utilise pour cette raison même. Nous t'avons métamorphosé en chat et on m'a offerte à toi, et tu ne veux pas de moi. Est-ce que ce n'est pas l'indication que tu ne sais pas qui tu es ?

— Tu y reviens ? » dit Rod. « Je suppose que c'est simplement que je ne connais rien aux filles.

— Tu ferais bien de changer, avant d'en avoir fini avec la Terre », dit-elle. « Tes agents t'en ont acheté un million avec tout l'argent de ton stroon.

— Des humaines ou des sous-êtres ?

— Les deux !

— Que le mouton les emporte ! » cria-t-il. « Je n'y suis pour rien ! Allons, ma belle, ce n'est pas le lieu pour une conversation de boudoir !

— Où, grands Dieux ! as-tu appris cela ?

— J'ai lu des livres. Des tas de livres. J'ai peut-être l'air d'un paysan à vos yeux, à vous autres Terriens, mais je sais des tas de choses.

— Tu as confiance en moi, Rod ? »

Il pensa à son impudeur, qui continuait à lui couper un peu de souffle. Puis l'humour norstralien reprit ses droits, en tant que trait culturel et non individuel : « Tu ne m'as pas caché grand-chose, C'mell », dit-il avec un grand sourire. « Je suppose que tu ne peux plus me réserver beaucoup de surprises. Oui, j'ai confiance en toi. Alors ? »

Elle l'étudia avec attention.

« Je vais te dire de quoi nous discutions, E-ikasus et moi.

— Qui ?

— Lui. » Elle montra le petit singe d'un signe de tête.

« Je croyais qu'il s'appelait A'gentur.

— Comme toi tu t'appelles C'rod ! » dit-elle.

« Ce n'est pas un singe ? » demanda Rod.

Elle regarda autour d'elle et baissa la voix. « C'est un oiseau », dit-elle d'un ton solennel, « et il n'y a qu'un seul autre oiseau plus important que lui sur la Terre.

— Et alors ?

— Il est maître de ta destinée, Rod. De ta vie et de ta mort. En ce moment même.

— Je croyais », répondit-il en un murmure, « que c'était l'affaire du Seigneur Redlady et de quelqu'un nommé Jestocost sur la Terre.

— Tu as affaire à d'autres puissances. Rod... des puissances qui restent secrètes. Ils veulent être tes amis. Et je crois », ajouta-t-elle inopinément, « que nous ferions bien de prendre le risque et d'y aller. » Devant son air ahuri, elle précisa : « Chez le Maître-Chat.

— On va me faire quelque chose là-bas ?

— Oui. » Son visage était calme, amical et serein. « Tu mourras, peut-être... mais c'est peu probable. Ou bien tu découvriras toutes les choses que tu veux. C'est ce qui est le plus probable. J'y ai déjà été, Rod. Moi-même. Tu ne trouves pas que j'ai vraiment l'air d'une fille heureuse et très occupée, quand on pense qu'en réalité je ne suis qu'un animal chargé d'un travail plutôt inférieur ? »

Rod considéra son visage. « Quel âge as-tu ?

— Trente ans l'année prochaine », dit-elle, d'une voix ferme.

« Pour la première fois ?

— Pour nous, sous-êtres, il n'y a pas de seconde fois, Rod. Je croyais que tu le savais. »

Il lui rendit son regard. « Si tu as pu le faire », dit-il, « je le peux aussi. Allons-y ! »

Elle décrocha A'gentur ou E-ikasus, suivant l'individu qu'il était réellement, du mur où il avait dormi comme une marionnette entre les représentations. Il ouvrit ses petits yeux fatigués et battit des paupières en la regardant.

« Tu nous as donné nos ordres », dit C'mell. « Nous allons au Magasin.

— Des ordres », dit-il, de mauvaise humeur en s'éveillant un peu plus. « Je ne m'en souviens pas ! »

Elle se mit à rire. « Juste par mon intermédiaire, E-ikasus !

— Ce nom ! » siffla-t-il. « Ne sois donc pas si téméraire. Pas dans un puits public !

— D'accord, A'gentur », répondit-elle, « mais tu approuves ?

— Ta décision ? »

Elle hocha la tête.

Le petit singe les regarda et s'adressa à Rod. « Si elle joue sa vie et la vôtre, sans parler de la mienne, si elle prend des risques pour vous rendre beaucoup, beaucoup plus heureux, est-ce que vous êtes d'accord pour nous accompagner ? »

Rod acquiesça silencieusement d'un hochement de tête.

« Alors, allons-y ! » dit le singe-chirurgien.

« Où ? » demanda Rod.

« En bas, à Terraport-Ville. Parmi tous les humains. Des foules et des foules d'humains », dit C'mell, « et tu feras connaissance avec la vie quotidienne de la Terre, exactement comme tu le voulais au sommet de la tour, il y a une heure.

— Il y a un an, tu veux dire », dit Rod. « Il s'est passé tellement de choses ! » Il repensa à la jeune poitrine nue de C'mell et à l'impulsion qui l'avait poussée à la lui montrer, mais à cette pensée il ne se sentit ni excité ni coupable ; il se sentit amical, parce qu'il percevait dans leurs relations une amitié beaucoup plus fervente que le sexe même.

« Nous allons dans un magasin », dit le singe ensommeillé.

« Chez un commissaire ? Pour acheter ? Pourquoi ?

— Le magasin a un très joli nom », dit C'mell, « et son directeur est quelqu'un de merveilleux. Le Maître-Chat en personne. Il a environ cinq cents ans, et il est autorisé à continuer à vivre en vertu de l'héritage de Dame Goroke.

— Je n'ai jamais entendu parler d'elle », dit Rod. « Le nom du magasin ?

— Le Magasin des Désirs du Cœur », dirent C'mell et E-ikasus, d'une seule voix.

Le voyage fut un rêve rapide et vivant. Ils n'avaient plus que quelques centaines de mètres à descendre pour atteindre le niveau du sol.

Ils sortirent dans la rue des humains. Un policier-robot les observait du coin.

Des humains, en costumes appartenant à des centaines d'époques historiques, flânaient dans l'air tiède et humide de la Terre. Rod ne sentait pas autant de sel qu'au sommet de la tour, mais ici, dans la ville, il devinait plus de gens qu'il n'en avait imaginé en un même lieu. Des milliers d'individus, des centaines et des milliers d'aliments différents, les odeurs des robots, des sous-êtres et d'autres choses encore qui semblaient être des animaux modifiés.

« En ce qui concerne les odeurs, c'est l'endroit le plus intéressant que je connaisse », dit-il à C'mell.

Elle le regarda d'un air rêveur. « C'est parfait. Tu as un flair d'homme-chien. La plupart des humains que j'ai connus ne pouvaient même pas sentir leurs pieds. Mais viens, C'roderick — *n'oublie surtout pas qui tu es !* Si nous n'avons pas un permis et une licence pour la surface, nous serons arrêtés par ce policier dans une minute ou même moins. »

Elle portait E-ikasus et poussa Rod du coude. Ils arrivèrent à une rampe menant à un passage souterrain, bien illuminé. Des machines, des robots et des sous-êtres y circulaient dans les deux sens, occupés aux commerces de la Terre.

Sans C'mell, Rod eût été complètement perdu. Bien que sa faculté miraculeuse d'inteindre sur grandes ondes, qui l'avait si souvent surpris chez lui, ne lui fût pas revenue depuis les quelques heures qu'il était sur Terre, ses autres sens lui donnaient une conscience pour ainsi dire accablante de l'immense nombre de gens qui vivaient autour et au-dessus de lui. (Il ne réalisa jamais qu'il y avait eu des époques, bien longtemps auparavant, où les villes de la Terre avaient eu des populations atteignant la dizaine de millions ; pour lui, quelques centaines de milliers de personnes et un nombre comparable de sous-êtres constituaient une foule au-delà de toute mesure.) Les sons et les odeurs émis par les sous-êtres étaient subtilement différents de ceux émis par les humains ; certaines machines de la Terre étaient plus grandes et plus anciennes que tout ce qu'il avait jamais imaginé et, par-dessus tout, la circulation d'eau en volumes immenses, par millions et millions de gallons, pour les usages multiples de Terraport — hygiène, refroidissement, boisson, industrie — lui donnait l'impression, non qu'il était au milieu de quelques bâtiments qu'il aurait baptisés ville en Vieille Australie du Nord, mais d'être devenu un globule rouge emporté dans le système circulatoire de quelque énorme animal composite dont il ne comprenait qu'imparfaitement la nature. Cette cité pulsait d'une vie compliquée, humide, poisseuse, dont il n'avait jusque-là pas même imaginé qu'elle fût possible. Sa caractéristique était le mouvement. Il soupçonnait que ce mouvement continuait jour et nuit, qu'il ne cessait jamais vraiment, que les grandes pompes refoulaient de l'eau dans les tuyaux d'alimentation et les canaux, que les gens fussent éveillés ou endormis ; les cerveaux de cette organisation ne pouvaient être en un seul lieu, mais ils devaient obligatoirement comprendre de nombreux sous-cerveaux chacun responsable d'une tâche particulière. Pas étonnant qu'on eût besoin de sous-êtres ! Il eût été pénible et ennuyeux, même avec l'automation perfectionnée, d'avoir assez de surveillants humains pour reconnecter les différents systèmes s'ils avaient des avaries ou à leurs interconnections. La Vieille Australie du Nord avait sa vitalité, mais c'était la vitalité que donnaient les champs à ciel ouvert, la rareté des habitants, l'immense richesse et le perpétuel danger militaire ; ici, la vitalité était celle du cloaque, du tas d'ordures, avec cette différence que leurs composants pourrissants, fleurissants, luxuriants n'étaient pas des immondices mais des êtres humains, ou presque humains. Pas étonnant que les ancêtres de Rod aient fui les cités telles qu'elles étaient. Elles devaient avoir été de vrais enfers pour les hommes libres. Même la Vieille Australie Originelle, ici, sur Terre, avait perdu sa liberté et ses grands espaces pour devenir le complexe citadin géant et unique de Nanbien. Rod pensa avec horreur qu'il devait avoir été un millier de fois plus grand que cette ville de Terraport. (Il avait tort, parce qu'il avait été cent cinquante mille fois plus grand que Terraport avant de s'effondrer. Terraport ne comptait que deux cent mille résidents permanents à l'époque où Rod le visita, avec un certain nombre d'individus additionnels venant travailler des banlieues, les grandes banlieues étant toujours abandonnées et en ruine. Mais l'Australie — sous le nom d'Aojou Nanbien — avait atteint une population de trente milliards d'habitants avant de s'effondrer, avant que les Sauvages et les menschenjagers se fussent mis à l'œuvre pour tuer les survivants.)

Rod était ahuri, mais pas C'mell.

Elle avait posé A'gentur à terre, sans tenir compte de ses piaillements de protestation. Il trottait à contrecœur à leurs côtés.

Avec l'impudent savoir-faire d'une vraie fille des villes, elle les avait conduits à un carrefour d'où montait un vacarme continu. Pas d'écriture : par l'image et par les haut-parleurs, le système d'alarme répétait : PASSAGE INTERDIT — FRET SEULEMENT. DANGER — PASSAGE INTERDIT. Reprenant vivement dans ses bras A'gentur/E-ikasus, et saisissant Rod par le bras, elle sauta avec eux sur une série de plates-formes aériennes qui se déplaçaient rapidement. Rod, stupéfait de la soudaineté avec laquelle ils avaient trouvé ce moyen de locomotion, se mit à hurler : « Fret ? Qu'est-ce que c'est ?

— Des choses. Des boîtes. Des aliments. Nous sommes sur la voie centrale. Inutile de faire six kilomètres à pied quand nous pouvons nous déplacer là-dessus. Sois prêt à sauter en bas avec moi quand je te ferai signe !

— J'ai l'impression que c'est dangereux », dit-il.

« Ça ne l'est pas. Pas quand on est un chat. »

Et sur cette assurance quelque peu équivoque, ils continuèrent. A'gentur s'en moquait totalement. Il nicha sa tête au creux de l'épaule de C'mell, enroula ses longs bras de gibbon autour de ses épaules, et tomba aussitôt dans un profond sommeil.

C'mell fit un signe de tête à Rod.

« Attention, c'est bientôt ! » cria-t-elle, jugeant des distances selon des repères qui n'avaient pas de sens pour lui. Les points d'atterrissage se présentaient sous forme d'aires plates en ciment où les plates-formes individuelles filant sur leurs coussins d'air pouvaient se ranger. Chacune de ces aires de chargement portait un numéro, mais Rod n'avait même pas remarqué à quel endroit ils étaient montés. Les odeurs de la cité souterraine changeaient tellement en passant d'un quartier à un autre qu'il s'intéressait plus aux odeurs qu'aux numéros des aires.

C'mell lui pinça fortement le bras pour l'avertir de se tenir prêt.

Ils sautèrent.

Il traversa la plate-forme en titubant avant de se raccrocher à une grande caisse verticale marquée *Papeteries Algonquin — Formulaires de Crédit — 2 m.* C'mell se reçut aussi gracieusement que si elle venait d'exécuter un numéro acrobatique soigneusement répété. Sur son épaule, le petit singe ouvrait de grands yeux.

« Voilà », dit A'gentur/E-ikasus avec fermeté et mépris. « C'est l'endroit où les gens s'amusent à travailler. Je suis fatigué, j'ai faim, et le taux de glucose de mon sang est très faible. » Il se pelotonna contre l'épaule de C'mell, ferma les yeux et se rendormit.

« Il n'a pas tort », dit Rod. « On ne pourrait pas manger ? »

C'mell fit mine de hocher la tête, mais se reprit...

« Tu es un chat. »

Il hocha la tête. Puis il sourit. « Mais j'ai faim quand même. Et j'ai besoin d'un plat de sable.

— Un plat de sable ? » demanda-t-elle, perplexe.

« Un P.E.D.E.A. », dit-il clairement, se servant du terme norstralien.

« Un P.E.D.E.A. ? »

Ce fut au tour de Rod d'être gêné. Il donna la traduction : « Un plat d'évacuation des excréments animaux.

— Tu veux dire le petit coin ! », cria-t-elle. Elle réfléchit une minute, puis dit : « Flûte !

— Qu'est-ce qu'il y a ?

— Chaque genre de sous-être a le sien. C'est la mort si tu ne vas pas dans les toilettes, et c'est la mort si tu vas dans des toilettes qui ne sont pas réservées à ta race. Celles des chats sont à quatre stations avant, sur cette ligne souterraine. On peut aussi y retourner à pied par la surface. Ça ne nous prendrait qu'une demi-heure. »

Il dit quelque chose de désobligeant pour la Terre. Elle fronça les sourcils.

« Tout ce que j'ai dit, c'est : " La Terre est un grand mouton en bonne santé. " Ce n'est pas si grossier que ça. » C'mell retrouva sa bonne humeur.

Avant qu'elle ait pu lui poser une autre question, il leva une main ferme. « Pas question de perdre une demi-heure. Attends-moi ici. » Il avait vu le signe universel des toilettes *Messieurs* au niveau supérieur de la plate-forme. Avant qu'elle ait pu l'arrêter, il y était entré. Elle porta la main à sa bouche, sachant que les policiers-robots le tueraient à vue s'ils le trouvaient dans l'endroit interdit. Ce serait vraiment de l'humour noir si l'homme qui avait acheté la Terre allait mourir pour être entré dans les mauvaises toilettes !

Vive comme l'éclair, elle le suivit, ne s'arrêtant qu'à la porte des *Hommes*. Elle n'osa pas entrer ; elle pensait que l'endroit devait être vide quand Rod y avait pénétré car elle n'avait entendu ni le « *boum* » d'une lente et lourde balle, ni le bourdonnement sec d'un brûleur. Les robots n'avaient pas besoin d'aller aux toilettes, aussi n'y entraient-ils que quand ils faisaient une enquête. Elle était prête à distraire tout homme s'apprêtant à entrer dans ces toilettes en lui proposant soit la séduction immédiate, soit un singe complémentaire et non désiré.

A'gentur s'était réveillé.

« Ne vous en faites pas », dit-il. « J'ai appelé mon père. Tout être approchant de cette porte s'endormira. »

Un homme du commun, l'air plutôt soucieux et fatigué, se dirigeait vers les toilettes. C'mell se prépara à l'arrêter à tout prix, mais elle se souvint de ce qu'A'gentur/E-ikasus lui avait dit, aussi attendit-elle. L'homme se mit à tanguer en approchant. Il les fixa, vit qu'ils étaient des sous-êtres, et son regard les traversa comme s'ils n'existaient pas. Il fit encore deux pas vers la porte, et soudain tendit la main comme s'il devenait aveugle. Il entra dans le mur à deux mètres de la porte, le toucha à tâtons, et s'effondra sur le sol, où il se mit à ronfler.

« Mon père connaît son affaire », dit A'gentur/E-ikasus. « En général, il laisse les humains tranquilles, mais quand il doit les influencer, il les influence. Il a même donné à cet homme le faux souvenir d'avoir pris un somnifère. Quand il se réveillera, il se sentira tout bête et ne parlera à personne de cette mésaventure. »

Rod sortit de la porte si dangereuse. Il leur fit un grand sourire d'enfant et ne remarqua pas l'homme effondré gisant au pied du mur. « C'était plus facile que de revenir sur nos pas, et personne ne m'a remarqué. Tu vois, je t'ai évité pas mal d'ennuis, C'mell. »

Il était si fier de sa folle témérité qu'elle n'eut pas le courage de lui faire des reproches. Il sourit de toutes ses dents, les moustaches frémissantes. Pendant un instant, juste un instant, elle oublia qu'il était un personnage très important, et un humain, en plus : c'était un adolescent, fort comme un chat, mais rien qu'adolescent, dans sa satisfaction, sa bravoure gratuite, sa joie passagère d'une vaine gloire. Pendant une ou deux secondes, elle l'aima. Puis elle pensa aux heures terribles qui les attendaient, et comment il rentrerait chez lui, riche et méprisant, dans sa planète où ne vivaient que des humains. L'instant d'amour s'évanouit, mais elle garda pour lui une grande tendresse.

« Allons, viens, jeune homme. Tu vas manger. Tu mangeras des plats pour chats, puisque tu es C'roderick, mais tu verras que ce n'est pas si mauvais. »

Il fronça les sourcils. « Quoi ? Il y a du poisson ici ? J'ai goûté du poisson, une fois. Un voisin en avait acheté un. Il l'avait eu contre deux chevaux. C'était délicieux.

— Il veut du poisson ! » cria-t-elle à E-ikasus.

« Donnez-lui un thon entier pour lui tout seul », grommela le singe. « Le taux de glucose de mon sang est tombé très bas. Il me faut de l'ananas. »

C'mell ne discuta pas. Elle resta en sous-sol et les conduisit dans un établissement surmonté d'une pancarte montrant des chiens, des chats, des bovins, des porcs, des ours et des serpents, ce qui indiquait les genres de sous-êtres qui pouvaient y manger. E-ikasus fronça les sourcils en considérant l'enseigne, mais il entra sur l'épaule de C'mell.

« Ce gentleman », dit C'mell s'adressant avec enjouement à un vieil homme-ours qui se grattait le ventre en fumant sa pipe, « a oublié ses crédits.

— Rien à manger », dit l'homme-ours. « C'est le règlement. Mais il peut boire de l'eau, quand même.

— Je paierai pour lui », dit C'mell.

L'homme-ours se mit à bâiller. « Vous êtes sûre qu'il ne vous rendra pas vos crédits ? S'il le fait ce sera une transaction privée, qui est punie de mort.

— Je connais le règlement », dit C'mell. « Je n'ai jamais encore été punie. »

L'homme-ours la considéra d'un œil critique. Il retira sa pipe de sa bouche et émit un sifflement : « Non », dit-il, « je vois bien qu'on ne vous punira pas. Mais d'ailleurs, qui êtes-vous ? Un mannequin ?

— Une libre-fille », dit C'mell.

L'homme-ours se leva d'un bond à une vitesse étonnante. « Madame-chat ! » cria-t-il. « Mille pardons ! Tout vous appartient ici ! Vous venez du sommet de Terraport ? Vous connaissez personnellement les Seigneurs de l'Instrumentalité ? Vous voudriez une table isolée de la salle par des rideaux ? Ou bien préférez-vous que je mette tout le monde dehors et que je prévienne mon Maître humain que nous avons ici une belle et célèbre esclave du grand monde ?

— Rien d'aussi radical », dit C'mell en souriant. « Quelque chose à manger, c'est tout.

— Une seconde », dit A'gentur/E-ikasus, « si vous offrez un traitement spécial, je prendrai deux ananas, une demi-livre de noix de coco fraîchement râpée, et cent grammes d'insectes vivants ».

L'homme-ours hésita. « J'offrais mes services à la dame-chat, qui sert les puissants, mais pas à toi, singe. Mais si la dame le désire, j'enverrai chercher ces choses. » Il attendit que C'mell acquiesçât d'un signe de tête ; elle le fit, et il pressa un bouton commandant l'arrivée d'un robot de basse classe. Puis il se tourna vers Rod McBan : « Et vous, gentleman-chat, que prendrez-vous ? »

Avant que Rod ait pu répondre, C'mell dit : « Il veut deux filets de poisson-pèlerin, des frites, de la salade, de la crème glacée et un grand verre de jus d'orange. »

L'homme-ours frissonna visiblement. « Il y a des années que je travaille ici, et c'est bien la commande la plus épouvantable qu'on m'ait jamais faite pour un chat. Je crois que j'essayerai ce menu moi-même. »

C'mell sourit, du sourire qui avait enchanté des milliers d'accueils. « Quant à moi, je prendrai quelques petites choses que vous avez au buffet. Je ne suis pas difficile. »

Il commença à protester, mais elle lui imposa le silence d'un geste de la main gracieux, mais impérieux. Il se soumit.

Ils s'assirent à une table.

A'gentur/E-ikasus attendit qu'on lui apporte son repas mi-singe, mi-oiseau. Rod vit un vieux robot, vêtu d'un smoking préhistorique, poser une question à l'homme-ours, déposer un plateau à la porte et lui en apporter un autre. Le robot étala vivement une nappe fraîchement amidonnée. C'était le déjeuner le plus somptueux que Rod eût jamais fait. Même à un banquet officiel, les Norstraliens ne nourrissaient pas leurs hôtes comme ça.

Juste comme ils finissaient, l'ours-caissier vint à leur table et demanda : « Votre nom, madame-chat ? J'inscrirai ce déjeuner au compte du Gouvernement.

— C'mell, sujet du Seigneur Jestocost, l'un des Chefs de l'Instrumentalité. »

Le visage de l'ours avait été épilé, aussi le virent-ils pâlir.

« *C'mell !...* » murmura-t-il. « *C'mell !* Pardonnez-moi, Madame. Je ne vous avais jamais vue avant. Votre présence est une bénédiction pour ce lieu. Une bénédiction pour moi. Vous êtes l'amie de tous les sous-êtres. Que la paix soit sur vous ! »

C'mell lui accorda le sourire et l'inclinaison de tête qu'une impératrice régnante aurait accordés à un Seigneur de l'Instrumentalité. Elle se baissa pour reprendre le singe, mais celui-ci détala vers la porte. Rod resta perplexe. Comme à la sortie l'homme-ours s'inclinait devant lui, il demanda :

« C'mell, tu es célèbre ?

— En un sens, mais seulement parmi les sous-êtres. » Elle les dirigea vivement vers une rampe. Ils parvinrent enfin à la lumière du jour, mais avant même d'atteindre la surface, une symphonie d'odeurs assaillit l'odorat de Rod — odeurs de fritures, de gâteaux, d'alcools forts, de parfums rivalisant entre eux pour attirer l'attention, et, par-dessus tout, l'odeur des vieilles choses : trésors poussiéreux, vieux cuirs, tapisseries — odeurs-échos de gens morts depuis longtemps.

C'mell s'arrêta pour le regarder. « Tu es encore en train de flairer ? Je dois dire que tu as un meilleur odorat que tous les humains que j'ai rencontrés jusqu'ici. Comment trouves-tu ces odeurs ?

— Merveilleuses », dit-il en un souffle. « Merveilleuses. Comme si tous les trésors et toutes les tentations étaient répandus en un même lieu.

— Ce n'est que le Marché des Voleurs de Paris.

— Il y a des voleurs sur la Terre ? Des voleurs avoués, comme sur Viola Siderea ?

— Oh non ! » dit-elle en riant. « Ils mourraient en quelques jours. L'Instrumentalité les arrêterait. Ici, ce ne sont que des gens qui jouent. La Redécouverte de l'Homme a permis de retrouver certaines vieilles institutions, dont le marché ouvert. Ils chargent les robots et les sous-êtres de leur découvrir des choses, puis ils font semblant d'être des gens de l'Ancien Passé et ils s'amusent à faire des affaires. Ou bien ils font cuire des aliments, ces derniers temps. C'est tellement amusant qu'ils trouvent même ça bon. Ils prennent tous de l'argent en arrivant. Il y en a des tonneaux à l'entrée. Le soir, ou quand ils s'en vont, ils jettent ce qui leur reste dans le ruisseau, bien qu'ils devraient le remettre dans les tonneaux. Ce n'est pas de l'argent dont nous pourrions nous servir, nous autres sous-êtres. Nous avons des numéros et des cartes de crédit », soupira-t-elle. « Un peu de cet argent supplémentaire ne me ferait pas de mal.

— Et les sous-êtres comme toi — comme nous — qu'est-ce que nous faisons sur ce marché ?

— Rien. Absolument rien. Nous pouvons le traverser à pied si nous ne sommes pas trop gros ou trop petits, pas trop sales et pas trop puants. Et même si nous remplissons toutes ces conditions, nous devons traverser sans nous attarder, sans regarder directement les hommes véritables et sans toucher quoi que ce soit sur le marché.

— Et si on le faisait ? » demanda Rod d'un air de défi.

« Les policiers-robots sont là, avec ordre de tuer à vue quiconque commet une infraction. Tu ne réalises donc pas, C'rod », dit-elle en sanglotant, « qu'il y a des millions d'entre nous dans des réservoirs, attendant de naître, d'être dressés et envoyés ici pour servir l'Homme ? Nous ne sommes pas *rares*, C'rod, pas rares du tout !

— Alors, pourquoi traversons-nous le marché ?

— C'est le seul chemin pour aller au magasin du Maître-Chat. Nous serons surveillés. Viens ! »

A l'endroit où la rampe émergeait à la surface se dressaient quatre robots, l'arme au poing, leurs corps d'émail bleu scintillant dans la lumière, leurs yeux laiteux lançant des éclairs. Leurs armes émettaient un bourdonnement menaçant : les crans de sûreté étaient sans doute ôtés. C'mell leur parla d'un ton calme et soumis. Puis le sergent-robot la conduisit à un bureau. Elle regarda dans un instrument qui ressemblait à des jumelles, et elle battit des paupières en se redressant. Elle posa la paume de sa main sur un bureau. Son identification était terminée. Le sergent-robot lui tendit trois disques brillants comme des soucoupes, chacun pourvu d'une chaîne. Sans un mot, elle en suspendit un autour de son cou, les deux autres autour du cou de Rod et d'Agentur. Les robots les laissèrent passer. L'air réservé, ils traversèrent à la queue leu leu cet endroit d'odeurs et de spectacles merveilleux. Rod sentit ses yeux s'emplir de larmes de rage. *J'achèterai ce marché*, se dit-il, *même si c'est la seule chose que j'achète jamais.*

C'mell s'était arrêtée.

Il leva les yeux, avec prudence.

Il lut l'enseigne : MAGASIN DES DESIRS DU CŒUR.

Une porte s'ouvrit. Un visage d'homme-chat, plein de sagesse, apparut, les regarda. « Pas de sous-êtres ! » aboya-t-il, et il claqua la porte. C'mell sonna une seconde fois. Le visage réapparut, perplexe et furieux.

« Affaires », murmura-t-elle. « De la part de l'Esse Aire. »

L'homme hocha la tête et dit : « Alors, entrez. Vite ! »

QUATRIÈME PARTIE

LE MAGASIN DES DÉSIRS DU CŒUR

A l'intérieur, Rod réalisa que le magasin était aussi riche que le marché. Après les bruits de l'extérieur : musiques, rires, fritures, objets qui tombent, plats qui s'entrechoquent, gens qui discutent, et le bourdonnement grave des armes des robots en toile de fond sonore, le silence de la pièce était en lui-même un luxe, comme un vieux velours épais. Les odeurs n'étaient pas moins variées que dehors, mais elles étaient différentes, plus complexes, et beaucoup étaient complètement impossibles à identifier.

Une odeur dont il était cependant certain : la peur, la peur humaine. Elle avait été présente dans cette pièce peu de temps auparavant.

« Vite ! » dit le vieil homme-chat. « J'aurai des ennuis si vous ne partez pas bientôt. Qu'est-ce qui vous amène ?

— Je suis C'mell », dit C'mell.

Il hocha la tête d'un air aimable, mais il ne semblait pas que le nom lui rappelât quoi que ce fût. « J'oublie les gens », dit-il.

« Et lui, c'est A'gentur », dit-elle en montrant le singe.

Le vieil homme-chat ne regarda même pas l'animal.

C'mell insista, une nuance de triomphe dans la voix : « Vous avez peut-être entendu parler de lui sous son vrai nom de E-ikasus. »

Le vieil homme resta immobile, battant des paupières comme pour évaluer la nouvelle. « Yékasusse ? Avec la lettre E ?

— Transformé », dit C'mell, inexorable, « pour un voyage jusqu'en Vieille Australie du Nord et retour.

— Est-ce vrai ? » demanda le vieil homme au singe.

E-ikasus dit avec calme : « Je suis Son fils, le fils de Celui à qui vous pensez. »

Le vieil homme se laissa tomber à genoux, mais sans rien perdre de sa dignité :

« Je vous salue, E-ikasus ! La prochaine fois que vous penserez en communion avec votre père, transmettez-lui mon salut et demandez-lui sa bénédiction. Je suis C'william, le Maître-Chat.

— Vous êtes célèbre », dit tranquillement E-ikasus.

« Mais vous êtes quand même en danger, par le simple fait d'être ici. Je n'ai pas de licence pour les sous-êtres ! »

C'mell sortit son atout. « Maître-Chat, votre dernier hôte. Ce n'est pas un homme-chat. C'est un homme véritable, un homme d'outre-planète, et il vient juste d'acheter la plus grande partie de la Terre. »

C'william regarda Rod d'un air plus clairvoyant que la normale. Il y avait une nuance de gentillesse dans son attitude. Il était grand pour un homme-chat ; il lui restait peu de traits animaux, parce que le grand âge, qui réduit les contrastes sexuels et raciaux à de simples souvenirs, l'avait ridé en un beige uniforme. Ses cheveux n'étaient pas blancs, mais également beiges ; les rares poils de ses moustaches étaient vieux et usés. Il était vêtu d'un costume fantastique qui — Rod l'apprit plus tard — consistait en la tunique de cour de l'un des Empereurs Originels, dynastie qui avait prévalu bien des siècles parmi les étoiles lointaines. L'âge était venu, mais avec lui la sagesse ; dans son cas, ses habitudes de vie avaient été l'intelligence et la gentillesse, rarement associées entre elles. Maintenant très vieux, il récoltait le fruit de ses jeunes années. Il avait bien rempli les milliers de milliers de jours qu'il laissait derrière lui, avec pour conséquence que l'âge avait empreint ses manières d'une joie surprenante, comme si chaque expérience était pour lui un plaisir avant que la longue nuit monotone ne se referme sur lui. Rod se sentait attiré vers cette étrange créature, qui le regardait avec une curiosité pénétrante et si personnelle, et qui, ce faisant, ne l'offensait pourtant pas.

Le Maître-Chat parlait un norstralien très passable : « Je sais ce que vous pensez, Sieur et Propriétaire McBan.

— Pouvez-vous m'inteindre ? » cria Rod.

« Pas vos pensées. Mais je peux lire votre visage. C'est facile. Je suis sûr que je peux vous aider.

— Qu'est-ce qui vous fait penser que j'ai besoin d'aide ?

— Tout le monde a besoin d'aide », répondit vivement le vieil homme-chat, « mais nous devons d'abord nous débarrasser de nos autres hôtes. Où voulez-vous aller, excellence ? Et vous, Madame-Chat ?

— A la maison », dit E-ikasus. Il était fatigué, et de nouveau de mauvaise humeur. Après avoir parlé avec brusquerie il ressentit le besoin d'adoucir son ton : « Ce corps me convient mal, Maître-Chat.

— Savez-vous bien tomber ? » dit le Maître-Chat. « En chute libre ? »

Le singe sourit. « Avec ce corps ? Evidemment. Très bien. J'en suis fatigué.

— Parfait », dit le Maître-Chat. « Vous pouvez vous laisser tomber dans mon vide-ordures. Il débouche près du palais oublié où les grandes ailes battent contre le temps. »

Le Maître-Chat s'arrêta d'un côté de la pièce. Prenant congé de C'mell et de Rod d'un simple signe de tête suivi d'un « à tout à l'heure », le singe regarda le Maître-Chat enlever le couvercle d'une écoutille, sauta avec confiance dans l'abîme ténébreux, et disparut. Le Maître-Chat replaça soigneusement le couvercle.

Il se tourna vers C'mell.

Elle le regarda avec défi, cette attitude téméraire contrastant curieusement avec l'innocente volupté de son jeune corps de femme. « Je ne vais nulle part.

— Vous mourrez », dit le Maître-Chat. « N'entendez-vous donc pas leurs armes bourdonner devant la porte ? Vous savez ce qu'ils nous font, à nous autres sous-êtres. Surtout à nous autres chats. Ils se servent de nous, mais nous font-ils confiance ?

— J'en connais un qui nous fait confiance... » dit-elle. « Le Seigneur Jestocost pourrait me protéger, même ici, exactement comme il vous protège, bien au-delà de la limite de vos ans.

— Ne discutez pas. Vous allez lui attirer des ennuis avec d'autres humains. Ici, ma fille, je vais vous donner un plateau à porter, avec un faux paquet dessus. Retournez sous terre, et remettez-vous-en à la garde de l'homme-ours. Je vous renverrai Rod quand j'en aurai fini avec lui.

— Oui », dit-elle avec chaleur », mais est-ce que vous me le renverrez vivant ou mort ? »

Le Maître-Chat considéra Rod en roulant ses yeux jaunes. « Vivant », dit-il. « Lui — vivant. Je l'ai prédit. M'avez-vous surpris à me tromper ? Allons, mon enfant, sortez d'ici. »

C'mell se laissa mettre dans les mains un plateau et un paquet, apparemment pris au hasard. Comme elle partait, Rod ressentit envers elle un mouvement désespéré d'affection. Elle était son lien le plus étroit avec la Terre. Il repensa à l'animation de C'mell, à la façon dont elle avait dénudé pour lui ses jeunes seins ; mais à présent ce souvenir, au lieu de l'exciter, l'emplissait d'une douce tendresse. Il bredouilla : « C'mell, est-ce qu'il ne t'arrivera rien ? »

A la porte, elle se retourna, toute femme et toute chatte. Ses cheveux roux flamboyaient comme un feu de cheminée contre la lumière du dehors. Elle se tenait très droite, comme si elle était une citoyenne de la Terre et non pas un simple sous-être ou une libre-fille. Elle lui tendit la main droite d'un geste impérieux, tout en tenant le plateau en équilibre sur la gauche. Tandis qu'il lui serrait la main, Rod réalisa qu'elle était très humaine au toucher, mais très puissante.

D'une voix à peine émue, elle dit : « Rod, je prends un risque avec toi, mais c'est le risque le plus valable que j'aie jamais pris. Tu peux faire confiance au Maître-Chat, au Magasin des Désirs du Cœur. Il fait des choses étranges, Rod, mais ces choses étranges sont bonnes. »

Il lâcha sa main et elle partit. C'william referma la porte derrière elle. Une atmosphère feutrée tomba.

« Asseyez-vous une minute pendant que je prépare tout. Ou bien regardez dans le magasin, si vous préférez.

— Seigneur Maître-Chat... » dit Rod.

« Pas de titre, je vous prie. Je suis un sous-être, fabriqué à partir d'un chat. Appelez-moi C'william.

— C'william, je vous prie de me dire quelque chose. C'mell me manque. Je m'inquiète à son sujet. Est-ce que je suis en train de tomber amoureux d'elle ? Est-ce que c'est ça, tomber amoureux ?

— C'est votre femme », dit le Maître-Chat. « Seulement temporairement, et seulement en apparence, mais c'est votre femme quand même. C'est conforme aux coutumes de la Terre de s'inquiéter de sa compagne. Tout va bien pour elle. »

Le vieil homme-chat disparut derrière une porte portant une curieuse pancarte : SALLE DE LA HAINE.

Rod regarda autour de lui.

La première, mais la toute première chose qu'il remarqua, ce fut une vitrine pleine de timbres-poste. Elle était en verre, et il pouvait voir les bleus doux et les inimitables rouge brique de ses timbres triangulaires du cap de Bonne-Espérance. Il était venu sur la Terre, et il les voyait ! Il les regarda à travers le verre. Ils étaient encore plus beaux que les reproductions qu'il avait vues chez lui, en Norstralie. Ils étaient marqués du sceau du grand âge, et pourtant ils semblaient chargés de l'amour que les hommes, alors vivants et morts maintenant, leur avaient dispensé pendant des milliers et des milliers d'années. Il regarda autour de lui et s'aperçut que toute la salle était pleine de richesses étranges. Il y avait des jouets antiques de toutes les époques, des jouets volants, des copies de machines, des choses qu'il soupçonnait d'être des trains. Il y avait un placard de vêtements, haut de deux étages, scintillant de broderies et rutilant d'or. Il y avait un râtelier plein d'armes, propres et bien rangées — des modèles si anciens qu'il lui était impossible de deviner même à quoi elles avaient pu servir et qui les avait utilisées. Partout, il y avait des sceaux de pièces de monnaie, en or généralement. Il en prit une poignée. Elles portaient des inscriptions dont il ne devinait pas l'origine, et elles montraient les visages impérieux des morts de l'Ancien Passé. Il vit une autre vitrine, dont il se détourna, choqué mais pourtant curieux : elle était pleine d'images et de souvenirs indécents datant de cent époques historiques : tableaux, croquis, photos, poupées et modèles, tous représentant des versions sinistres, comiques, touchantes, amicales, impressionnantes ou horribles des différents actes de l'amour. La section suivante l'arrêta. Qui pouvait bien désirer ces choses — fouets, couteaux, cagoules, corsets de cuir ? Il passa, très perplexe.

La section suivante le laissa stupéfait. C'était plein de vieux livres, de vieux livres authentiques. Il y avait quelques poèmes encadrés, dont certains d'une écriture très ornée. L'un avait un bout de papier attaché, déclarant simplement : « Mon préféré. » Rod baissa les yeux pour voir s'il arrivait à le déchiffrer. C'était un Ancien Inglais et le nom bizarre de l'auteur était « E. Z. C. Judson, ancien Américain, 1823-1866 après J.-C. » Rod comprit les mots du poème, mais il pensa qu'il n'en comprenait pas vraiment le sens. En le lisant, il eut l'impression qu'un très vieil homme, comme le Maître-Chat, pouvait y trouver un pathétique qui échapperait à quelqu'un de plus jeune :

Balancé par les courants
Je glisse vers la rive

Les vues d'autrefois s'estompant,
Le passé part à la dérive,
Balancé au gré des vents,
Vers l'inconnu, vers la rive.

L'horloge marque le temps
Attendons le choc ultime
Comme lent coule le temps
Attendons le noir ultime
Je crois que seul je comprends
L'infinité de l'abîme.

Rod secoua la tête, comme pour se débarrasser des toiles d'araignées d'une tragédie irréparable. « Peut-être », pensa-t-il, « est-ce là la façon dont les gens ressentaient la mort quand ils ne mouraient pas à date fixe, comme sur la plupart des mondes, ou s'ils ne se confrontaient pas à la mort plusieurs fois avant leur temps, comme nous le faisons en Norstralie. Ils devaient se sentir passablement mal et incertains. » Une autre pensée lui traversa l'esprit et sa cruauté le laissa bouche bée : « Ils n'avaient même pas de Terrains de Mort, à ces époques ! Non qu'on en ait encore besoin, mais imaginer qu'on puisse juste glisser dans la mort comme ça, impuissant, inutile, désespéré... La Reine soit louée ! Nous n'avons plus ça ! »

Il pensa à la Reine, qui était morte depuis dix mille ans peut-être, ou perdue dans l'espace, comme le croyaient beaucoup de Norstraliens, et bien entendu il vit sa photo dans la vitrine, avec les mots : *Reine Elisabeth II.* Ce n'était qu'un buste, mais c'était une femme jolie, à l'air intelligent, avec en elle quelque chose de norstralien. Elle avait l'air assez intelligente pour savoir quoi faire si l'un de ses moutons avait pris feu, ou si l'un de ses enfants ressortait des roulottes du Jardin de la Mort, hébété et hilare, comme ça lui serait arrivé s'il n'avait pas été reçu au test de survie.

Ensuite, il y avait deux sous-verres, sans un grain de poussière. Ils contenaient deux poèmes jumeaux par un certain « Anthony Bearden, Ancien Américain, 1913-1939 après J.-C. » Le premier s'accordait bien à l'endroit, parce qu'il parlait des anciens désirs que les gens avaient à l'époque. Le voici :

DIS-MOI MON AMOUR

Le monde est en feu, le temps passe.
Dis-moi tes désirs, mon amour.
Dis-moi ce qui ton cœur tracasse,
Est-ce permis, défendu, mon amour ?

Si défendu, repense aux jours heureux
Qui s'enfuient, qu'on ne peut pas saisir
Emportés à jamais par un torrent de feu.
Dis-moi, mon amour, tes désirs.

Dis-moi tes désirs, mon amour,
Mets délicats ou robes magnifiques ?
Livres anciens ? Jeux fantastiques ?
Vins généreux — ou plus ou moins d'amour ?

Seul le présent nous appartient, toujours
Demain arrive qui le chasse.
Dis-moi tes désirs, mon amour.
Le monde est en feu, le temps passe.

L'autre aurait presque pu être écrit pour son arrivée sur la Terre, et son ignorance de ce qui pouvait ou allait lui arriver.

NUIT ET LE CIEL INCONNU

Les étoiles de l'expérience m'ont égaré
J'ai perdu en chemin le but de mon voyage.
Où allais-je ? Vers quels rivages ?
Les étoiles de l'expérience m'ont égaré.

Léger bruit.

Rod se retourna pour faire face au Maître-Chat.

Le vieillard était toujours semblable à lui-même. Il portait toujours ses extravagantes tuniques de cérémonie, mais sa dignité survivait même à cette outrance.

« Vous aimez mes poèmes ? Vous aimez mes objets ? Je les aime moi-même. Bien des hommes viennent ici pour les emporter mais ils découvrent que les titres de propriété appartiennent au Seigneur Jestocost, et ils doivent faire des choses étranges pour partir avec mes babioles.

— Toutes ces choses sont-elles authentiques ? » demanda Rod, pensant que même la Vieille Australie du nord ne pourrait pas acheter le magasin si c'était le cas.

« Certainement pas », dit le vieillard. « La plupart sont des copies — de merveilleuses copies. L'Instrumentalité me laisse accès aux fosses à robots, où les robots fous ou hors d'usage sont détruits. Je choisis ceux qui me conviennent s'ils ne sont pas dangereux. Je les mets au travail, et ils me font des copies de tout ce que je trouve dans les musées.

— Ces triangles du Cap ? » dit Rod. « Est-ce qu'ils sont authentiques ?

— Triangles du Cap ? Vous parlez des gommettes pour les lettres ? Ils sont authentiques, oui, mais ils ne sont pas à moi. Le Musée de la Terre me les a prêtés jusqu'à ce que j'aie pu les faire copier.

— Je les achèterai », dit Rod.

« Vous ne les achèterez pas », dit le Maître-Chat. « Ils ne sont pas à vendre.

— Alors, j'achèterai la Terre, et vous et eux avec », dit Rod.

« Roderick Frederick Ronald Arnold William MacArthur McBan, cent cinquante et unième du nom, vous ne ferez pas cela !

— Qui êtes-vous pour me donner des ordres ?

— J'ai regardé une personne, et j'ai parlé à deux autres.

— Parfait », dit Rod. « Qui ?

— J'ai regardé l'autre Rod-McBan, votre servante Eleanor. Elle est un peu perdue de se retrouver dans le corps d'un jeune homme, parce qu'elle est complètement ivre chez le Seigneur William Pas-d'ici, et qu'une belle jeune fille du nom de Ruth Pas-d'Ici veut l'épouser. Elle ne soupçonne absolument pas qu'elle s'adresse à une autre femme, et Eleanor, enfermée dans la copie de votre corps, trouve l'expérience passionnante mais troublante. Rien ne lui arrivera, et votre Eleanor est en sécurité. La moitié des voyous de la Terre ont convergé vers la maison du Seigneur William, et il a emprunté tout un bataillon de la Flotte de la Défense qu'il a posté tout autour de chez lui, de sorte que rien n'arrivera. Sauf qu'Eleanor attrapera mal à la tête et que Ruth sera bien déçue. »

Rod sourit. « Rien n'aurait pu me faire plus plaisir. A qui d'autre avez-vous parlé ?

— Au Seigneur Jestocost, et à John Fisher, centième du nom.

— Le Sieur et Propriétaire Fisher ? Il est ici ?

— Il est chez lui. A la Station du Bon Vieux Joey. Je lui ai demandé si vous pouviez satisfaire aux désirs de votre cœur. Au bout d'un petit moment, lui et un certain docteur Wentworth ont dit que le Commonwealth de Vieille Australie du Nord approuverait.

— Comment avez-vous pu payer un tel appel ? » cria Rod. « Ces choses sont effroyablement chères !

— Je n'ai rien payé, Sieur et Propriétaire. C'est *vous !* J'ai fait inscrire cela sur votre compte, par l'intermédiaire de votre fondé de pouvoir, le Seigneur Jestocost. Lui et ses ancêtres sont mes clients depuis quatre cent trente-six ans.

— Vous en avez un toupet », dit Rod « de dépenser mon argent sans même me demander mon avis !

— Vous êtes un adulte à certains égards, et un mineur à d'autres. Je vous offre les talents qui me maintiennent en vie. Croyez-vous qu'on aurait permis de vivre aussi longtemps à un homme-chat ordinaire ?

— Non », dit Rod. « Donnez-moi ces timbres, et laissez-moi m'en aller. »

Le Maître-Chat le regarda d'un air pénétrant. Une fois encore, son visage avait cette expression humaine qui, en Norstralie, aurait été considérée comme un impardonnable affront ; mais son indiscrétion s'accompagnait de tant de confiance et de gentillesse que Rod en ressentit un grand respect pour cet homme, tout sous-être qu'il était. « Croyez-vous que vous pourriez aimer ces timbres quand vous rentrerez chez vous ? Pourraient-ils vous faire découvrir votre vrai « moi » ? Ces morceaux de papier ne constituent pas le désir de votre cœur. C'est autre chose.

— Quoi ?

— Dans un instant, je vous l'expliquerai. Premièrement, vous ne pouvez pas me tuer. Deuxièmement, vous ne pouvez pas me nuire. Troisièmement, si je vous tue, ce sera pour votre bien. Quatrièmement, si vous sortez d'ici, vous serez un homme très heureux.

— Etes-vous fou, mon vieux ? » s'écria Rod. « Je peux vous étendre sans connaissance et prendre la porte. Je ne sais pas de quoi vous parlez.

— Essayez », dit le Maître-Chat, imperturbable.

Rod regarda le grand vieillard aux yeux vifs. Puis il regarda la porte, à peine à sept ou huit mètres de lui. Il n'avait pas envie d'essayer.

« D'accord », concéda-t-il, « jouez votre jeu.

— Je pratique la psychologie clinique. Je suis le seul sur la Terre, et sans doute le seul sur toutes les planètes. J'ai trouvé ma science dans de vieux livres, quand je n'étais encore qu'un chaton en train d'être transformé en jeune homme. Je change les gens, juste un tout petit peu. Vous savez que l'Instrumentalité a des chirurgiens et des spécialistes du cerveau et toutes sortes de docteurs. Ils peuvent modifier pratiquement comme ils veulent n'importe quelle personnalité — faire pratiquement tout, sauf les petites choses... Ça, c'est *moi* qui le fais.

— Je ne comprends pas », dit Rod.

« Iriez-vous consulter un neuro-chirurgien pour une coupe de cheveux ? Avez-vous besoin d'un dermatologue pour prendre un bain ? Bien sûr que non ! Je ne fais pas les gros travaux. Je change les gens juste un petit peu. Je les rends heureux. Si je ne peux rien faire pour eux, je leur donne de petits cadeaux à emporter comme souvenirs. Le vrai travail ne se fait pas ici. Il se fait là où vous allez maintenant. » De la tête, il montra la porte marquée : SALLE DE LA HAINE.

Rod s'écria : « Toutes ces longues semaines depuis que moi et mon ordinateur avons gagné tant d'argent, je n'ai pas cessé d'obéir aux ordres d'un étranger après l'autre ! Est-ce que je ne peux donc rien faire par moi-même ? »

Le Maître-Chat le regarda avec sympathie. « Aucun d'entre nous ne le peut. Nous pouvons penser que nous sommes libres. Nos vies sont faites pour nous par les gens que nous connaissons par hasard, les métiers et les violons d'Ingres que nous exerçons par hasard. Est-ce que je serai mort dans un an ? Je ne sais pas. Serez-vous de retour en Vieille Australie du Nord, dans un an d'ici, seulement âgé de dix-sept ans, mais riche et sage et sur le chemin du bonheur ? Je ne sais pas. Vous avez eu une période de chance. Je fais partie de cette chance. Si vous êtes tué là-dedans, ce n'est pas à moi que vous le devrez, mais à la trop grande tension de votre corps luttant contre les dispositions approuvées il y a bien longtemps par Dame Goroke — dispositions dont le Seigneur Jestocost prévient le sous-homme de l'univers qui est habilité à fabriquer tous les genres d'humains possibles sans supervision directe. Tout ce que je fais, c'est de développer les gens, comme les hommes d'autrefois développaient une photographie à partir d'un morceau de papier exposé à des lumières d'intensités différentes. Je ne suis pas un juge caché, comme vos hommes du Jardin de la Mort. Ce sera vous contre vous, et moi, je ne suis là que pour vous aider un petit peu, et, quand vous sortirez, vous serez un différent « vous » — le même « vous », mais un peu meilleur ici, un peu plus flexible là. D'ailleurs, ce corps d'homme-chat que vous avez en ce moment fera que votre lutte contre vous-même sera pour moi plus difficile à contrôler. Mais nous y arriverons, Rod. Vous êtes prêt ?

— Prêt à quoi ?

— Prêt pour les tests et les changements que vous allez subir là-dedans ? » Le Maître-Chat montra d'un signe de tête la porte de la SALLE DE LA HAINE.

« Je suppose », dit Rod. « Je n'ai pas le choix.

— Non », dit le Maître-Chat, avec sympathie et presque avec tristesse, « pas à ce stade, vous n'avez pas le choix. Si vous sortez par cette porte, ce sera en tant qu'homme-chat illégalement présent, et en danger d'être abattu par les robots.

— Je vous en prie », dit Rod « que je gagne ou que je perde, est-ce que je pourrai avoir un de ces triangles du Cap ? »

Le Maître-Chat sourit. « Je vous l'ai promis — si vous en voulez un, vous l'aurez. » Il lui montra la porte. « Allez. »

Rod n'était pas un lâche, mais c'est avec des pieds et des jambes de plomb qu'il marcha vers la porte. Elle s'ouvrit d'elle-même. Il entra d'un pas assuré, mais il avait peur.

La pièce était sombre, plongée dans une obscurité plus profonde que le noir. C'était le noir de la cécité, le noir d'une orbite où jamais aucun œil ne s'était ouvert.

La porte se referma, et il se mit à nager dans le noir, car le noir était devenu comme palpable.

Il se sentait aveugle. Il se sentait comme s'il n'avait jamais vu.

Mais il entendait.

Il entendait son propre sang bourdonner dans sa tête.

Il sentait les odeurs — il avait un bon odorat.

Et cet air... cet air... cet air sentait le plein air, la nuit, dans les grandes plaines sèches de la Vieille Australie du Nord.

L'odeur fit qu'il se sentit tout petit, et il eut peur. Elle lui rappela ses enfances successives, les noyades artificielles dans les laboratoires où il était allé pour renaître d'une enfance à une autre.

Il tendit la main.

Rien.

Il sauta en l'air. Pas de plafond.

Faisant appel à un truc de paysan les jours de tempête de poussière, il se laissa tomber à quatre pattes. Puis il se mit à avancer en crabe sur deux pieds et une main, se servant de la deuxième pour se protéger le visage. Au bout de quelques mètres, il trouva le mur. Il le suivit.

Circulaire.

Voici la porte.

Refaire le tour.

Plus confiant, il avançait vite — en rond, en rond, en rond. Il ne pouvait pas préciser si le sol était en ciment ou en carrelage inégal.

De nouveau, la porte.

Une voix lui kosa.

Kosa. *Et il l'inteindit !*

Il leva les yeux et regarda dans le néant plus noir que la cécité, s'attendant presque à voir les mots en lettres de feu, tant il les inteindait avec netteté.

La voix était norstralienne, et elle disait :

Rod McBan est un homme, un homme, un homme.

Mais qu'est-ce qu'un homme ?

(Percussion immédiate d'un rire triste et dément.)

Rod ne s'aperçut pas qu'il régressait aux habitudes de la petite enfance. Il s'assit sur le derrière, les jambes allongées devant lui, ouvertes à 90°. Il mit ses mains un peu en arrière et se renversa, laissant le poids de son corps pousser ses épaules un peu vers le haut. Il connaissait les idées qui allaient suivre les mots, mais il ne sut jamais pourquoi il s'y attendait tellement.

Une lumière apparut dans la pièce, et ce fut comme s'il avait toujours su qu'elle devait apparaître.

Les images étaient petites mais elles semblaient réelles.

Hommes et femmes et enfants, enfants et femmes et hommes entrèrent au pas cadencé dans son champ visuel et en ressortirent.

Ce n'étaient pas des phénomènes ; ce n'étaient pas

des bêtes ; ce n'étaient pas des monstres engendrés dans des univers écartés ; ce n'étaient pas des robots ; ce n'étaient pas des sous-êtres — c'étaient tous des hominidés comme lui-même, parents des races d'hommes nées sur la Terre.

D'abord vinrent des gens semblables aux Norstraliens et aux gens de la Terre, très semblables, et tous deux similaires aux anciens types, sauf que les Norstraliens étaient pâles sous leur hâle, plus grands et plus robustes.

Puis vinrent les Daimoni, géants blêmes aux yeux blancs doués d'une assurance magique, et dont les bébés marchaient déjà comme s'ils avaient reçu des leçons de danse.

Puis des êtres lourds, pères, mères, enfants, nageant sur le sol solide, où ils ne se hisseraient jamais sur leurs pieds.

Puis les faiseurs de pluie d'Amazonas Triste, leur peau pendant autour d'eux en plis énormes, de sorte qu'ils ressemblaient à des paquets de chiffons entortillés autour de singes.

Les aveugles d'Olympia, fixant férocement le monde à travers les radars montés sur leur front.

Des monstres bouffis de planètes abandonnées — des êtres en situation aussi précaire que l'avaient été les siens après s'être évadés de Paris VII.

Et encore d'autres races.

Des êtres dont il n'avait jamais entendu parler.

Des hommes à coquille.

Des hommes et des femmes si minces qu'ils ressemblaient à des insectes.

Une race de géants idiots et souriants, perdus dans l'incurable hébéphrénie de leur monde. (Rod avait l'impression qu'ils étaient gardés par une race de chiens dévoués, plus intelligents qu'eux, qui, à force de caresses, arrivaient à les convaincre de se reproduire, de manger, de dormir. Il ne vit pas de chiens, seulement les idiots au regard vague, mais tout proche flottait dans l'air l'impression : *chien, bon chien !*)

De curieux petits êtres, qui gambadaient avec une

indéfinissable maladresse. Les êtres-aquatiques : dans leurs branchies pulsait l'eau de quelque monde non identifié.

Et puis...

Encore des êtres, mais hostiles. Hermaphrodites aux lèvres fardées, avec d'énormes barbes et des voix flûtées. Des cancers qui s'étaient rendus maîtres des hommes. Des géants enracinés dans la terre. Des corps humains rampant et pleurant dans l'herbe humide et contaminée, cherchant d'autres êtres à infecter.

Rod ne le savait pas, mais il grogna.

Il s'accroupit d'un bond et balaya le sol inégal de ses mains, cherchant une arme.

Ces êtres n'étaient pas des hommes — c'étaient des ennemis !

Mais ils continuaient à défiler. Des êtres qui avaient perdu les yeux, ou qui étaient devenus résistants au feu, épaves et rebuts de lotissements abandonnés et de colonies oubliées. Ordures et déjections de la race humaine.

Et puis...

Lui.

Lui-même.

L'enfant Rod McBan.

Et des voix, des voix norstraliennes qui criaient : « Il ne peut pas inteindre ! Il ne peut pas koser ! C'est un infirme ! C'est un infirme ! Il ne peut pas koser ! »

Et une autre voix : « Ses pauvres parents ! »

L'enfant Rod disparut, et ses parents revinrent. Douze fois plus grands que nature, si grands qu'il était obligé de scruter les sombres hauteurs du plafond pour voir le dessous de leurs visages.

La mère pleurait.

Le père parlait d'une voix sévère.

Le père disait : « Ça ne sert à rien. Doris peut le garder tant que nous ne sommes pas là, mais, s'il ne va pas mieux, nous le livrerons. »

La voix calme, aimante, horrible de l'homme : « Chérie, kose-lui toi-même. Il n'inteindra jamais. Est-ce que cela peut être un Rod McBan ? »

Puis la voix de la femme, douce comme le poison, pire que la mort, acquiesçant en pleurant à son mari contre son fils.

« Je ne sais pas, Rod. Je ne sais pas ! Ne m'en parle pas, c'est tout. »

Il les avait inteindus, dans un de ses moments anarchiques et pénétrants, quand tout ce qui était télépathique lui parvenait avec une clarté stupéfiante. Il les avait inteindus quand il était bébé.

Le vrai Rod, dans la chambre noire, poussa un hurlement de peur, de chagrin, de solitude, de rage, de haine. C'était la bombe télépathique avec laquelle il avait si souvent alarmé ou étonné ses voisins, l'onde mentale avec laquelle il avait tué l'araignée géante sur la tour de Terraport, bien haut au-dessus de lui.

Mais cette fois-ci la pièce était close.

Son rugissement revint droit sur lui.

Rage, hurlements, haine, bruit brut déferlèrent sur lui, du sol, du mur circulaire, du haut plafond.

Il se recroquevilla sous l'assaut, et, comme il se recroquevillait, les images changèrent. Ses parents étaient assis dans des fauteuils. Des fauteuils. Ils étaient petits, petits. Il était un bébé tout-puissant tellement énorme qu'il pouvait les saisir tous les deux dans sa main droite.

Il tendit la main pour écraser les minuscules parents monstrueux qui avaient dit : « Qu'il meure ! »

Il tendit la main, mais ils s'évanouirent.

La peur se peignit sur leurs visages. Ils regardèrent frénétiquement autour d'eux. Leurs fauteuils s'évanouirent et la tapisserie tomba sur le sol, qui, à son tour, se mit à ressembler à un tissu érodé par la tempête. Ils se tournèrent pour un dernier baiser, et ils n'avaient pas de lèvres. Ils tendirent les bras pour s'étreindre, et leurs bras se détachèrent de leurs corps. Leur vaisseau spatial était devenu laiteux en plein vol, il s'était transformé en un néant sans vestiges. Et lui, lui, lui, *lui-même* l'avait vu !

La rage fut suivie par les larmes, par des remords

trop profonds pour le regret, pour une auto-accusation si brute et si poignante qu'elle vivait dans son propre corps comme un organe supplémentaire.

Il ne désirait rien.

Ni argent, ni stroon, ni Station de la Fin du Monde. Ni amis, ni compagnon, ni bienvenue, ni maison, ni nourriture. Il ne désirait pas de marches, pas de découvertes solitaires dans les champs, pas de moutons amicaux, pas de trésors dans la caverne, pas d'ordinateur, pas de jour, pas de nuit, pas de vie.

Il ne désirait rien, et il ne pouvait pas comprendre la mort.

Toute lumière disparut de l'immense pièce, et il ne le remarqua pas. Sa vie, toute nue, gisait devant lui comme un cadavre fraîchement disséqué. Elle gisait là, et cela n'avait pas de sens. Il y avait eu beaucoup de Roderick Frederick Ronald Arnold William MacArthur McBan, il y en avait eu cent cinquante et un à la file, mais lui — 151 ! 151 ! 151 ! — n'était pas l'un d'eux, il n'était pas un géant qui avait arraché de haute lutte ses trésors à la terre malade et au soleil caché des plaines norstraliennes. Ce n'était pas son infirmité télépathique, son incapacité à koser, sa surdité mentale. C'était lui-même, le « moi subtil » à l'intérieur de lui-même, qui avait tort, tort sur toute la ligne ! Il était le bébé digne de la mort, et qui avait tué lui-même. Il avait haï maman et papa pour leur orgueil et leur haine : quand il les avait haïs, ils s'étaient effondrés et ils étaient morts dans le mystère de l'espace, et ils n'avaient même pas laissé leurs corps à enterrer.

Rod se releva. Ses mains étaient humides. Il se toucha les joues et comprit qu'il avait pleuré, le visage dans ses mains.

Pas si vite.

Il y avait quelque chose.

Il y avait une chose qu'il voulait. Il voulait Houghton Syme — l'Onseck, l'homme qui avait essayé de le faire condamner au Jardin de la Mort, qui avait essayé de le tuer, qui, en un sens, l'avait poussé vers les richesses et vers la Vieille Terre — non pas vers la haine. Houghton Syme pouvait inteindre et koser, mais il était condamné à une vie courte, vivant avec la maladie de la mort qui s'interposait entre lui et toutes les filles, tous les amis, tous les postes qu'il avait eus. Et lui, Rod, il s'était moqué de cet homme, il lui avait donné le sobriquet de Vieux Simplet. Rod n'avait peut-être que peu de valeur, mais il était quand même beaucoup moins mal partagé qu'Houghton Syme, l'Hon. Sec. Houghton Syme essayait au moins d'être un homme, de vivre sa misérable petit vie si brève, et tout ce que Rod avait fait, c'était de faire parade de sa richesse et de sa semi-immortalité devant le pauvre infirme qui n'avait que cent soixante ans à vivre. Rod ne désirait qu'une chose — rentrer en Norstralie à temps pour aider Houghton Syme, pour faire savoir à Houghton Syme que tout était de sa faute, à lui, Rod, et pas celle de Syme. L'Onseck n'avait que peu de temps à vivre, et il devait pouvoir en profiter au mieux.

Rod restait debout, immobile. Il n'attendait rien.

Il avait pardonné à son dernier ennemi.

Il s'était pardonné à lui-même.

La porte s'ouvrit, encadrant le Maître-Chat, qui souriait d'un sourire tranquille et sage.

« Vous pouvez sortir maintenant, Sieur et Propriétaire McBan, et s'il y a quelque chose que vous désiriez dans ce magasin, vous pouvez le prendre. »

Rod sortit lentement. Il n'avait aucune idée du temps qu'il avait passé dans la SALLE DE LA HAINE.

Quand il en émergea, la porte se referma derrière lui.

« Non merci, mon vieux. C'est très gentil de votre part, mais je n'ai pas besoin de grand-chose, et il vaut mieux que je rentre sur ma planète natale.

— Rien ? » dit le Maître-Chat, toujours souriant d'un sourire calme et attentif.

« J'aimerais bien koser et inteindre, mais ce n'est pas très important.

— Voici pour vous », dit le Maître-Chat. « Mettez-vous cela dans l'oreille et gardez-le. Si ça vous gratte ou si ça se salit, retirez-le, lavez-le et remettez-le en place. Ce n'est pas un appareil rare, mais, apparemment, il n'existe pas sur votre planète. »

Il lui tendait un objet guère plus gros qu'un grain de blé.

Rod le prit d'un air absent, allait le mettre dans sa poche, non dans son oreille, quand il vit que le visage attentif et souriant l'observait, très gentil mais très attentif. Il mit l'appareil dans son oreille. C'était un peu froid.

« Maintenant », dit le Maître-Chat, « je vais vous conduire à C'mell, qui vous accompagnera jusqu'à vos amis du Tréfonds. Et prenez aussi ce deux pennies bleu du cap de Bonne-Espérance. Je dirai à Jestocost qu'il s'est perdu pendant que je le faisais copier. Il y a un peu de vérité là-dedans, n'est-ce pas ? »

Distrait, Rod voulut le remercier, et alors...

Alors, avec un frisson qui lui donna la chair de poule, il réalisa que le Maître-Chat n'avait pas bougé les lèvres, n'avait pas fait passer d'air dans sa gorge, n'avait pas troublé l'atmosphère par la pression d'un bruit. Le Maître-Chat lui avait kosé, et il l'avait inteindu.

Avec application et clarté, les lèvres closes, sans émettre aucun son, Rod pensa : *Digne et Gracieux Maître-Chat, je vous remercie pour l'ancien trésor que constitue le timbre de la Terre. Je vous remercie encore plus pour l'appareil à koser et à inteindre que je suis en train d'essayer. Voulez-vous s'il vous plaît tendre votre main droite, si vous m'inteindez en ce moment ?*

Le Maître-Chat fit un pas en avant et tendit la main.

Homme et sous-être, ils se regardaient avec une gentillesse et une gratitude si poignantes qu'elles étaient proches de la souffrance.

Aucun d'eux ne pleura. Aucun.

Ils se serrèrent la main sans parler ni koser.

CINQUIÈME PARTIE

TOUT LE MONDE AIME L'ARGENT

TANDIS que Rod McBan vivait cette épreuve au Magasin des Désirs du Cœur, ailleurs d'autres continuaient à s'intéresser à lui et à son destin.

UN CRIME D'OPINION PUBLIQUE

Une femme d'âge mûr, vêtue d'une robe peu seyante, s'assit sans y être invitée à la table de Paul, qui avait autrefois connu C'mell.

Paul ne fit pas attention à elle. Ces temps-ci, les excentriques se multipliaient parmi le peuple. Etre d'âge mûr était une question de goût, et beaucoup d'humains, après la Redécouverte de l'Homme, avaient soupçonné que, s'ils se laissaient devenir imparfaits, la vie était pour eux plus facile que s'ils avaient continué à vivre à l'ancienne — l'ancienne consistant en des esprits vieillissants qui résidaient dans des corps condamnés à la perfection de la jeunesse.

« J'ai eu la grippe », dit la femme. « Est-ce que vous avez déjà eu la grippe ?

— Non », dit Paul, pas très intéressé.

« Vous êtes en train de lire un journal ? » Elle regarda son journal, qui contenait tout ce qu'on voulait, sauf des nouvelles.

Paul, le journal en face de lui, avoua qu'il le lisait.

« Vous aimez le café ? » demanda la femme, regardant la tasse de café fumant devant Paul.

« Pourquoi en commanderais-je si je ne l'aimais pas ? » dit Paul avec humeur, se demandant comment elle avait fait pour trouver un tissu si laid pour sa robe. C'étaient des héliotropes jaunes sur fond rougeâtre.

La femme fut désarçonnée un instant mais se reprit bien vite.

« Je porte une gaine », dit-elle. « On ne les a mises en vente que la semaine dernière. Elles sont très, très, très anciennes, et très authentiques. Maintenant que les gens peuvent être gros s'ils veulent, les gaines font fureur. Il y a aussi des guêtres pour les hommes. Est-ce que vous avez déjà acheté vos guêtres ?

— Non », dit Paul carrément, se demandant s'il devait abandonner son café et son journal.

« Qu'est-ce que vous allez faire à propos de cet homme ?

— Quel homme ? » dit Paul, poli mais las.

« L'homme qui a acheté la Terre.

— Il l'a achetée ? » dit Paul.

« Evidemment », dit la femme. « Maintenant, il est plus puissant que l'Instrumentalité. Il pourrait faire tout ce qu'il veut. Il peut nous donner tout ce qu'il veut. S'il le voulait, il pourrait me donner, à moi, un voyage de mille ans autour de l'univers.

— Vous êtes fonctionnaire ? » demanda Paul, agacé.

« Non », dit la femme, un peu démontée.

« Alors, comment savez-vous ces choses ?

— *Tout le monde* les sait. Tout le monde », affirma-t-elle avec fermeté, puis elle fit la moue à la fin de la phrase.

« Qu'est-ce que vous allez faire au sujet de cet homme ? Le voler ? Le séduire ? » Paul était sardonique. Il se caractérisait par un amour malheureux dont il se souvenait encore, une ascension qu'il ne referait jamais, jusqu'à l'Abbadingo, par-dessus le

Boulevard Alpha Ralpha, et peu de patience avec les sots qui n'avaient jamais rien osé ni souffert.

La femme rougit de colère. « Nous allons tous à son hôtel à midi, aujourd'hui. Nous allons crier et crier jusqu'à ce qu'il sorte. Puis nous allons nous mettre en rangs et l'obliger à écouter ce que chacun de nous désire. »

Paul demanda sèchement : « Qui a organisé ça ?

— Je ne sais pas. Quelqu'un. »

Il prit la parole avec solennité. « Vous êtes un être humain. Vous avez été instruite. Quelle est la Règle Douze ? »

La femme pâlit légèrement, mais elle psalmodia mécaniquement : « Tout homme ou toute femme qui découvre qu'il ou elle forme ou partage une opinion non autorisée avec un grand nombre d'autres gens doit en aviser immédiatement le sous-chef le plus proche afin de se faire soigner. Mais est-ce que ça me concerne ?

— Vous serez morte ou amnésique d'ici ce soir, madame. Maintenant, allez-vous-en je vous prie et laissez-moi lire mon journal. »

La femme le fusilla du regard, entre la colère et les larmes. Peu à peu, la peur s'inscrivit sur son visage. « Vous pensez vraiment que ce que je disais est illégal ?

— Complètement », dit Paul.

Elle enfouit son visage dans ses mains boudinées et se mit à sangloter. « Monsieur, monsieur, pouvez-vous m'aider, s'il vous plaît, à trouver un sous-chef ? J'ai peur d'avoir besoin d'être soignée. Mais j'ai tellement rêvé, tellement espéré un homme des étoiles ! Mais vous avez raison, monsieur, je n'ai pas envie qu'on me condamne à mort ou à l'effacement des souvenirs. Aidez-moi, monsieur ! »

Emu à la fois d'impatience et de compassion, Paul abandonna journal et café. Le serveur-robot se hâta de venir lui dire qu'il n'avait pas payé. Paul alla jusqu'au trottoir où il y avait deux tonneaux pleins de monnaie pour les gens voulant jouer aux jeux de l'ancienne civilisation. Il choisit le plus grand billet qu'il put trouver, le donna au robot, attendit sa monnaie, donna un pourboire, puis jeta le surplus, rien que des pièces, dans le tonneau de jetons métalliques. La femme attendait patiemment, une nuance de tristesse sur son visage bouffi.

Quand il lui offrit son bras, à l'ancienne mode française, elle l'accepta. Ils firent une centaine de mètres, jusqu'à un visiphone public. Elle marchait à son côté, dans ses souliers antiques et inconfortables à talons aiguilles, et elle lui dit, mi-pleurant mi-grommelant :

« Autrefois, j'avais quatre cents ans. J'étais mince et belle. J'aimais faire l'amour et je ne réfléchissais pas beaucoup parce que je n'étais pas très intelligente. J'avais eu des tas de maris. Puis, ce changement est arrivé, et je me suis sentie inutile, et j'ai décidé d'être ce que j'avais envie d'être — grosse, négligée, paraissant âgée et passant mon temps à m'ennuyer. Et j'ai trop bien réussi, comme me l'ont dit deux de mes maris. Et maintenant cet homme des étoiles, il a toute la puissance. Il peut changer la vie. »

Paul ne répondit pas, il se contenta de hocher la tête avec sympathie.

Il resta au visiphone jusqu'à ce qu'un robot parût. « Un sous-chef », dit-il. « N'importe lequel. »

L'image devint floue, puis le visage d'un très jeune homme apparut. Il le regarda avec sérieux et attention tandis que Paul déclinait son numéro, son grade, son affectation néonationale, son numéro d'habitation et l'objet de l'appel. Il dut répéter deux fois l'objet : « Opinion publique criminelle. »

Le sous-chef lança, non sans sympathie : « Venez donc ici, et je vais vous arranger ça. »

Paul fut si contrarié qu'on pût le soupçonner, lui, d'opinion publique criminelle *(toute opinion partagée avec un grand nombre d'autres personnes, autre que le matériel publié et approuvé par l'Instrumentalité et le Gouvernement de la Terre)* qu'il se mit à koser ses protestations à la machine.

« Vocalisez, monsieur et citoyen ! Ces machines ne

transmettent pas la télépathie », lui rappela le sous-chef.

Quand Paul eut fini d'expliquer, le jeune en uniforme le regarda d'un œil critique mais aimable et dit : « Citoyen, vous avez vous-même oublié quelque chose.

— Moi ? » souffla Paul, bouche bée. « Je n'ai rien fait ! Cette femme s'est assise à côté de moi et...

— Citoyen », dit le sous-chef, « quelle est la deuxième partie de la Cinquième Règle pour Tous les Hommes ? »

Paul réfléchit un moment, puis répondit : « Les services de toutes personnes seront à la disposition de tout autre véritable humain dans la détresse ou en danger, sans délai et sans honoraires. » Puis il écarquilla les yeux et dit : « Vous voulez que je fasse ça moi-même ?

— Qu'en pensez-vous ? » dit le sous-chef.

« Je peux », dit Paul.

« Evidemment », dit le sous-chef. « Vous êtes normal. Vous vous souvenez des prises mentales ? »

Paul hocha affirmativement la tête.

Le sous-chef lui fit au revoir de la main et s'évanouit.

La femme avait tout vu. Elle aussi était prête. Quand Paul leva la main pour les gestes hypnotiques traditionnels de l'Emprise, elle la fixa des yeux. Elle fit toutes les réponses requises. Quand il lui eut terminé le Récurage du Cerveau, en plein milieu de la rue, elle s'éloigna en titubant, sans savoir pourquoi ses joues ruisselaient de larmes. Elle ne se souvenait pas du tout de Paul.

Pendant un instant de folle fantaisie, il pensa à traverser toute la ville pour aller jeter un coup d'œil sur l'homme des étoiles. Il regarda autour de lui d'un air absent. Ses yeux perçurent la haute ligne du Boulevard Alpha Ralpha qui s'élevait sans supports dans le ciel depuis le sol si lointain jusqu'à mi-hauteur de Terraport : il se rappelait son propre cas et ses troubles personnels. Il retourna à son journal et à un nouveau café, mais il prit de l'argent dans le tonneau, cette fois, avant d'entrer au restaurant.

SUR UN YACHT AU LARGE DE MEEYA MEEFLA

Ruth bâilla en s'asseyant pour regarder l'océan. Elle avait fait de son mieux avec le riche jeune homme.

Le faux Rod McBan, en fait une Eleanor reconstruite, lui dit : « C'est vraiment très chouette ! »

Ruth sourit d'un air languide et séduisant. Elle ne savait pas pourquoi Eleanor avait éclaté de rire.

Le Seigneur William Pas-d'Ici monta sur le pont. Il tenait deux chopes d'argent dans les mains. Elles étaient embuées de froid.

« Je suis content », dit-il d'une voix onctueuse, « de vous voir heureux, jeunes gens. Ce sont des juleps-menthe, une très antique boisson, vraiment. »

Il regarda Eleanor boire une gorgée, puis sourire.

Il sourit aussi. « Vous aimez ? »

Eleanor lui rendit son sourire. « C'est mieux que laver la vaisselle, non ? » dit Rod McBan, énigmatique.

Le Seigneur William Pas-d'Ici trouva que le riche jeune homme était bien bizarre, vraiment.

ANTICHAMBRE DE LA CLOCHE ET LA BANQUE

Le Seigneur Crudelta commanda : « Allez chercher Jestocost ! »

Le Seigneur Jestocost entrait déjà dans la salle.

« Qu'est-il arrivé dans l'affaire de ce jeune homme ?

— Rien, Seigneur et Senior.

— Ta-ta-ta ! Sottises ! Foutaises ! » Le vieillard grogna avec mépris. « Rien est quelque chose qui ne peut pas arriver. Il faut bien qu'il soit quelque part !

— L'original est avec le Maître-Chat, au Magasin des Désirs du Cœur.

— N'y a-t-il pas de danger ? Il peut devenir trop malin pour se laisser manœuvrer. Vous êtes encore en train de manigancer quelque chose, Jestocost !

— Rien de plus que ce que je vous ai dit, Seigneur et Senior. »

Le vieillard fronça les sourcils. « C'est vrai. Vous m'avez mis au courant. Allez-y. Mais les autres ?

— Qui ?

— Les faux ? »

Le Seigneur Jestocost éclata de rire. « Notre collègue, le Seigneur William, a presque fiancé sa fille à la servante du Sieur McBan, qui est temporairement un « Rod McBan » elle-même. Tout le monde s'amuse et ça ne fait de mal à personne. Les robots, les huit survivants, tournent en rond dans Terraport. Ils s'amusent autant que des robots peuvent s'amuser. Des foules s'assemblent autour d'eux et leur demandent des miracles. Tout à fait inoffensif.

— Et l'économie de la Terre ? Est-elle en train de se déséquilibrer ?

— J'ai mis les ordinateurs au travail », dit le Seigneur Jestocost, « pour trouver toutes les amendes dont nous ayons jamais frappé quiconque. Nous avons plusieurs mégacrédits d'avance.

— Vous n'allez quand même pas le ruiner ? » dit Crudelta.

« Pas le moins du monde, Seigneur et Senior ! » s'écria le Seigneur Jestocost. « Je suis un homme bon. »

Le vieillard lui adressa un sourire rusé. « J'ai déjà vu votre bonté à l'œuvre, Jestocost, et j'aimerais mieux avoir un millier de mondes pour ennemis que vous pour ami ! Vous êtes tortueux, vous êtes dangereux, et vous êtes rusé ! »

Jestocost, très flatté de ce commentaire, dit d'un ton solennel : « Vous faites grande injustice à l'honnête fonctionnaire que je suis, Seigneur. »

Les deux hommes se sourirent : ils se connaissaient bien.

DIX KILOMÈTRES SOUS LA SURFACE DE LA TERRE

L'E'telekeli s'éloigna du lutrin où il venait de prier.

Immobile, sa fille l'observait du seuil.

Il lui kosa : « Qu'est-ce qui ne va pas, ma fille ?

— J'ai vu son esprit, père, je ne l'ai vu qu'un instant comme il sortait de chez le Maître-Chat. C'est un riche jeune homme des étoiles, un très gentil garçon, et il a acheté la Terre, mais ce n'est pas l'Annoncé.

— Tu attendais trop de lui, E'lamelanie », lui dit son père.

« J'espérais l'espoir. Est-ce un crime parmi nous, les sous-êtres ? Celui que Joan a vu dans l'avenir, celui que le Copt nous a promis, où sont-ils, père ? Ne verrons-nous donc jamais la lumière du jour et ne connaîtrons-nous jamais la liberté ?

— Les humains ne sont pas libres non plus. Eux aussi sont la proie du chagrin, de la peur, de la naissance, de la vieillesse, de l'amour, de la mort, de la souffrance, et ils sont les instruments de leur propre ruine. La liberté n'est pas une chose qui nous sera donnée par un riche jeune homme d'au-delà des étoiles. La liberté, c'est ce que tu fais, ma chérie, et ce que je fais aussi. La mort est une affaire très personnelle, ma fille, et la vie — quand tu la comprendras — presque aussi personnelle.

— Je sais, père », kosa-t-elle. « Je sais. Je sais. Je sais. » (Mais lui, il ne savait pas.)

« Tu l'ignores sans doute, ma fille », kosa le grand homme-oiseau, « mais, bien longtemps avant que ce nouveau peuple construise des villes, il y avait d'autres peuples sur la Terre — ceux qui sont venus après la chute de l'Ancien Monde. Ils sont allés très au-delà des limitations de la forme humaine. Ils ont conquis la mort. Ils ne connaissaient pas la maladie. Ils n'avaient pas besoin de l'amour. Ils aspiraient à être des abstractions vivant en dehors du temps. Et ils mouraient, E'lamelanie — ils mouraient de bien des façons terribles. Certains devenaient des monstres, ils faisaient leur proie des restes de l'humanité, pour des raisons que les hommes ordinaires ne pouvaient pas même commencer de comprendre. D'autres étaient comme des huîtres, encoquillés dans leur propre sainteté. Ils avaient tous oublié que l'état d'être humain est lui-même imperfection et corruption, que ce qui est parfait n'est plus compréhensible. Nous possédons les Fragments de la Parole, et nous sommes plus fidèles aux profondes traditions des humains que les humains ne le sont eux-mêmes, mais nous ne devons jamais être assez fous pour rechercher la perfection dans cette vie ou pour compter sur nos propres pouvoirs pour nous rendre radicalement différents de ce que nous sommes. Toi et moi, nous sommes des animaux, ma chérie, pas même des humains, mais les humains ne comprennent pas les enseignements de Joan, suivant lesquels *tout ce qui semble humain est humain*. C'est le verbe qui donne la vie, pas la forme du sang ou la texture de la chair, ou d'avoir des poils ou des plumes. Et il y a ce pouvoir que toi et moi ne nommons pas, mais que nous aimons et chérissons parce que nous en avons plus besoin que les gens de la surface. Les grandes croyances naissent toujours dans les égouts des villes, pas sur les toits ou sur les Ziggourats. De plus, nous sommes des animaux de rebut, pas des animaux utiles. Ici, dans les profondeurs, nous sommes tous le rebut que l'homme a rejeté et a oublié. Il y a pour nous un grand avantage à cela, car nous savons dès le début de notre vie que nous n'avons aucune valeur. Et pourquoi n'avons-nous aucune valeur? Parce qu'une vérité et une loi plus hautes disent qu'il en est ainsi — la loi conventionnelle et la coutume non écrite de l'humanité. Mais je ressens de l'amour pour toi, ma fille, et tu en éprouves pour moi. Nous savons que tout ce qui aime a une valeur en soi, et qu'en conséquence cette non-valeur des sous-êtres n'est qu'un leurre. Nous sommes forcés de regarder au-delà de l'heure et de la minute présente vers le lieu où aucune horloge ne bat et aucune aube ne pointe. Il existe un monde en dehors du temps, et c'est à lui que nous en appelons. Je sais que tu aimes la dévotion, mon enfant, et je t'en félicite, mais ce ne serait qu'une pauvre foi que celle qui attendrait le passage d'un voyageur ou qui croirait qu'un miracle ou deux peuvent redresser la nature des choses. Les gens de la surface pensent qu'ils ont dépassé les vieux problèmes, parce qu'ils n'ont pas d'édifices qu'ils nomment églises ou temples, et parce qu'ils n'ont plus de prêtres professionnels dans leurs communautés. Mais la puissance supérieure et les grands problèmes attendent toujours tous les hommes, que cela leur plaise ou non. Dans l'humanité d'aujourd'hui, être Croyant ne constitue plus qu'un ridicule délassement toléré par l'Instrumentalité parce que ses tenants sont faibles et sans importance, mais l'humanité a des moments de passion immense qui reviendront et que nous partagerons. Ainsi, n'attends pas ton héros d'au-delà des étoiles. Si tu as en toi une dévotion sincère, il est déjà là, il attend d'être arrosé par tes larmes et labouré par tes pensées dures et claires. Et si tu n'as pas de dévotion, on peut mener une vie valable, dehors.

» Regarde ton frère, E-ikasus, qui est en train de reprendre sa forme normale. Il m'a laissé le mettre dans une forme animale et l'envoyer parmi les étoiles. Il a pris des risques, sans commettre l'imprudence de jouir du risque. Il n'est pas nécessaire d'éprouver du plaisir à faire son devoir — il faut le faire. Maintenant, il est revenu dans sa vieille retraite, et je sais qu'il nous apporte la chance dans les petites choses, et peut-être aussi dans les grandes. Comprends-tu, ma fille ? »

Elle dit que oui, mais il y avait dans ses yeux un air d'immense déception alors même qu'elle affirmait comprendre.

UN POSTE DE POLICE A LA SURFACE, PRÈS DE TERRAPORT

« Le sergent-robot dit qu'il ne peut pas en faire plus sans violer la loi défendant de nuire aux humains. » Le sous-chef regarda son chef qui rongeait son frein en attendant l'occasion de sortir du bureau et de flâner au milieu des dangers de la ville. Il en avait assez des écrans, des ordinateurs, des boutons, des cartes et des routines. Il désirait la vie toute brute et la folle aventure.

« De quel être d'outre-planète s'agit-il ?

— Tostig Amaral, de la planète Amazonas Triste. Il doit rester humide tout le temps. Ce n'est qu'un négociant autorisé, pas un hôte honoré de l'Instrumentalité. On lui a attribué la compagnie d'une libre-fille, et maintenant il pense qu'elle lui appartient.

— Envoyez-lui cette libre-fille. Qu'est-ce qu'elle est ? Dérivée de souris ?

— Non, c'est une fille-chat. Elle s'appelle C'mell, et elle a été réquisitionnée par le Seigneur Jestocost.

— Je connais toute l'histoire », dit le chef, regrettant que ce ne fût pas vrai. « Elle est maintenant attachée à ce Norstralien qui a acheté la plus grande partie de notre planète, la Terre.

— Mais cet hominidé la veut quand même ! » Le ton du sous-chef était pressant.

« Il ne peut pas l'avoir, pas si un Seigneur de l'Instrumentalité interrompt les services qu'elle lui rendait.

— Il menace de se battre. Il dit qu'il va tuer des gens.

— Oui, Seigneur et Chef.

— Pourvue de l'équipement standard ?

— Je vais voir, chef. » Le sous-chef tourna un bouton et un dessin électronique parut sur l'écran de gauche, devant lui. « Oui, chef, équipement standard.

— Montrez-le-moi donc.

— Il a la permission, chef, de faire fonctionner sans arrêt la douche. Il semble être originaire d'un monde aquatique.

— Essayez quand même.

— Oui, chef. » Le sous-chef siffla un ordre à l'écran. L'image devint floue, tourbillonna, et se transforma en celle d'une chambre sombre. Il semblait y avoir un paquet de chiffons mouillés dans un coin, duquel sortait une main humaine parfaite.

« Race méchante, et probablement vénéneuse », dit le chef. « Assommez-le pour une heure. Nous prendrons des ordres entre-temps. »

DANS UNE RUE AU NIVEAU DE LA RUE SOUS TERRAPORT

Deux jeunes filles parlent :

« ... Et je vais te dire le plus grand secret du monde, si tu promets de ne jamais, jamais le dire à personne.

— Je parie que ce n'est pas un bien grand secret. Tu n'es pas obligée de me le dire.

— Alors, je ne te le dirai jamais. Jamais !

— Comme tu voudras.

— Je t'assure, si tu te doutais de ce que c'est, tu serais malade de curiosité.

— Si tu veux me le dire, tu peux.

— Mais c'est un *secret* !

— D'accord, je ne le dirai jamais à personne.

— L'homme des étoiles. Il va m'épouser.
— Toi ? Ridicule !
— Pourquoi, ridicule ? Il m'a déjà constitué une dot. »
— Je sais que c'est ridicule. Il y a quelque chose qui ne va pas.
— Je ne comprends pas pourquoi tu penses que je ne lui plais pas puisqu'il a déjà acheté mes droits de dot !
— Imbécile ! Je sais que c'est ridicule, parce qu'il a acheté les miens !
— Les tiens ?
— Oui.
— Toutes les deux, alors ?
— Pour quoi faire ?
— J'en sais rien.
— Peut-être qu'il nous mettra toutes les deux dans le même harem. Tu ne trouves pas que ce serait romantique ?
— Ils n'ont pas de harems en Vieille Australie du Nord. Tout ce qu'ils font, c'est de vivre de petites vies bien prudes de péquenauds, de produire du stroon et d'assassiner tous les gens qui s'approchent de leur planète.
— Ça n'a pas l'air marrant !
— Allons trouver la police.
— C'est qu'il nous a offensées, tu sais. Peut-être qu'on peut le faire payer extra pour avoir acheté nos droits de dot s'il n'a pas l'intention de s'en servir. »

DEVANT UN CAFÉ

Un homme, ivre :
« Je me saoulerai tous les soirs et j'aurai des musiciens qui joueront pour m'endormir, et j'aurai tout l'argent dont j'ai besoin, et ce ne sera pas cet argent pour rire qu'on prend dans un tonneau, mais du vrai argent enregistré par un ordinateur, et

j'obligerai tout le monde à faire ce que je dirai, et je sais qu'ils le feront parce que ma mère s'appelait Mac-Arthur dans son code génétique avant que tout le monde reçoive un numéro, et c'est pas la peine de rigoler comme ça parce qu'il s'appelle vraiment Arthur McBan, onzième du nom, et que je suis sans doute son plus proche parent et ami sur la Terre… »

SIXIÈME PARTIE

TOSTIG AMARAL

ROD MCBAN quitta le Magasin des Désirs du Cœur avec simplicité, humilité ; il portait un paquet de livres, enveloppés dans un papier imperméable à la poussière, et il ressemblait à n'importe quel homme-chat messager de première classe. Sur le marché, les humains continuaient à faire du tapage, au milieu de leurs odeurs de nourriture, d'épices et de vieux objets dépareillés, mais il traversa leurs groupes dispersés si droit, si calme que même les policiers-robots, leurs armes bourdonnantes, ne firent pas attention à lui.

Quand il avait traversé le Marché des Voleurs, dans l'autre sens, avec C'mell et A'gentur, il s'était senti mal à l'aise. En temps que Sieur et Propriétaire de Vieille Australie du Nord, il s'était cru obligé de garder sa dignité mais, au fond de son cœur, il n'était pas à son aise. Ces gens étaient bizarres, sa destination inconnue, et il se sentait écrasé par ses problèmes, sa richesse et sa survie.

Maintenant, c'était bien différent. Homme-chat, il l'était peut-être toujours extérieurement mais, à l'intérieur, il avait retrouvé la fierté de son foyer et de sa planète.

Et autre chose en plus.

Il se sentait calme, jusqu'à l'extrême prolongement de tous ses nerfs.

L'appareil à koser et à inteindre aurait dû l'alarmer, l'exciter : il n'en était rien. En traversant le marché, il remarqua que très peu de Terriens communiquaient entre eux télépathiquement. Ils préféraient jacasser dans leur langue si bruyante, dont ils n'avaient pas une seule sorte mais des tas, cette Vieille Langue Commune qui servait de référence pour ceux qui s'étaient vu attribuer différentes sortes d'anciennes langues au cours de la Redécouverte de l'Homme. Il entendit même de l'Ancien Inglais, la Langue Même de la Reine, qui était remarquablement proche de sa propre langue, le Norstralien. Ces choses ne suscitèrent en lui ni stimulation, ni excitation, ni même pitié. Il avait ses propres problèmes, mais ce n'étaient plus les problèmes de la richesse et de la survie. Il avait la certitude que quelque pouvoir caché et amical dans l'univers prendrait soin de lui s'il prenait soin des autres. Il voulait tirer Eleanor d'embarras, faire cesser les ennuis de l'Onseck, voir Lavinia, rassurer Doris, dire un grand au revoir à C'mell, retourner à ses moutons, protéger son ordinateur et guérir le Seigneur Redlady de sa mauvaise habitude de tuer légalement les gens au moindre prétexte.

Un policier-robot un peu plus sensible que les autres tint à l'œil cet homme-chat qui marchait avec une assurance plus que naturelle à travers la foule des humains, mais « C'roderick » ne fit rien d'autre qu'entrer dans le marché à un bout, s'y frayer un chemin sur toute sa longueur et ressortir à l'autre bout, portant toujours son paquet ; le robot se détourna et ses horribles yeux laiteux, toujours prêts pour le désordre et la mort, se remirent à scruter la place du Marché avec une vigilance sans défaut.

Rod descendit la rampe et tourna à droite.

Il retrouva le commissaire du sous-peuple et le caissier-ours, qui le reconnut.

« Il s'est passé beaucoup de choses, depuis que je vous ai vu, Seigneur-Chat. Aimeriez-vous un autre menu spécial de poisson ?

— Où est ma femme ? » demanda-t-il sans ambages.

« C'mell ? Elle a longtemps attendu ici, puis elle

est partie en laissant ce message : “ Dites à C'rod, mon mari, de manger avant de me rejoindre. Mais, quand il aura mangé, il peut venir me retrouver en prenant le Puits de Montée Numéro Quatre, Niveau Sol, Hôtel des Oiseaux Chanteurs, Chambre Neuf, où je dois m'occuper d'un visiteur d'outre-planète, ou bien il peut m'envoyer un robot et je viendrai le retrouver. ” Ne trouvez-vous pas, Seigneur-Chat, que j'ai bien du mérite à me souvenir d'un message aussi compliqué ? » L'homme-ours rougit un peu et sa voix perdit un peu de son orgueil en confessant, pour satisfaire à quelque conception abstraite de l'honnêteté : « Bien entendu, pour l'adresse, je l'avais notée. Il serait très mauvais et très désorientant que je vous envoie à une fausse adresse au pays des humains. Quelqu'un pourrait vous calciner si vous émergiez dans un corridor non autorisé.

— Alors, du poisson », dit Rod. « Un repas de poisson. »

Il se demanda pourquoi C'mell, alors que sa vie était en danger, allait s'occuper d'un autre visiteur. Au moment même où cette pensée lui vint, il en perçut la jalousie mesquine, et il s'avoua qu'il n'avait pas la moindre idée des termes, des conditions, des heures de travail et des travaux requis dans la profession de libre-fille.

Maussade, il s'assit sur le banc, attendant son dîner.

Le tapage de la SALLE DE LA HAINE continuait à faire rage dans son esprit, le pathos de ses parents, mannequins agonisant dans l'espace, le frappa au cœur, et, à cette épreuve, tout son corps se mit à pulser des élancements de la fatigue.

Distraitement, il demanda : « Il y a combien de temps que je suis venu ici ? »

Le caissier-ours regarda la pendule murale : « Environ quatorze heures, digne chat.

— Ça fait combien en temps réel ? » Rod essayait de comparer les heures norstraliennes aux heures terrestres. Il pensait que les heures de la

Terre étaient un septième plus courtes, mais il n'en était pas sûr.

L'homme-ours fut totalement ahuri de la question : « Si vous voulez parler du temps de navigation galactique, nous ne nous en servons jamais, ici dans les profondeurs. Existe-t-il d'autres sortes de temps ? »

Rod réalisa son erreur et chercha à la corriger.

« Ça ne fait rien. J'ai soif. Qu'est-ce que les sous-êtres peuvent boire, légalement ? Je suis à la fois fatigué et assoiffé, mais je ne veux surtout pas m'enivrer.

— Puisque vous êtes un homme-chat », dit le caissier-ours, « je vous recommande du café noir très fort avec de la crème Chantilly.

— Je n'ai pas d'argent », dit Rod.

« La célèbre dame-chat, C'mell, votre épouse, a garanti le paiement de tout ce que vous commanderiez.

— Alors, allez-y ! »

Le caissier-ours appela un robot et lui transmit la commande.

Rod considérait le mur, se demandant ce qu'il allait faire de cette Terre qu'il avait achetée. Il ne réfléchissait pas vraiment, il rêvassait plutôt. Une voix s'introduisit directement dans son esprit. Il réalisa que le caissier-ours lui kosait et qu'il l'inteindait.

« Vous n'êtes pas un sous-prêtre, n'est-ce pas, Seigneur et Maître ?

— Quoi ? » kosa Rod.

« Vous m'avez bien compris », dit la voix télépathique. « Je ne vais pas répéter. Si vous venez au nom du Signe du Poisson, soyez béni.

— Je ne connais pas ce signe », dit Rod.

« Alors », kosa l'homme-Ours, « qui que vous soyez, vous pouvez boire et manger parce que vous êtes un ami de C'mell et que vous êtes sous la protection de Celui-Qui-Vit-Au-Tréfonds.

— Je ne sais pas », dit Rod, « je ne sais vraiment pas, mais je vous remercie de votre bienvenue, ami.

— Je ne donne pas cette bienvenue à la légère », dit l'homme-ours, « et, ordinairement, je serais tout prêt à fuir quelque chose d'aussi étrange, de dangereux et d'inexpliqué que vous-même, mais vous apportez avec vous la qualité de paix qui me fait penser que vous voyagez au nom de la Confrérie du Signe du Poisson. J'ai entendu dire que dans ce Signe les humains et les sous-êtres sont en parfait accord pour conserver le souvenir de la Bienheureuse Joan.

— Non », dit Rod, « je voyage seul. »

Son repas et sa boisson arrivèrent. Il les consomma tranquillement. Le caissier-ours lui avait donné une table et un banc éloignés des tables de service et des autres sous-êtres qui entraient en hâte, mangeaient en hâte pour pouvoir s'en aller en hâte. Il vit un homme-loup, portant l'insigne de la Police Auxiliaire, s'approcher du mur, introduire sa carte d'identité dans la fente prévue à cet effet, ouvrir la gueule, engouffrer cinq gros quartiers de viande crue et quitter le commissariat, le tout en moins d'une minute et demie. Rod en fut étonné, mais pas impressionné. Il avait trop de choses en tête.

A la réception, il se fit confirmer l'adresse que C'mell avait laissée, serra la main à l'homme-ours et se dirigea vers le Puits Quatre. Il avait toujours l'air d'un homme-chat, et portait son paquet d'un air humble et alerte, comportement qu'il avait observé chez d'autres sous-êtres en présence d'humains.

Il faillit rencontrer la mort en chemin. Le Puits Quatre ne fonctionnait que pour la montée et des pancartes indiquaient clairement : *Humains seulement.* Cela ne plut pas à Rod, qui se déplaçait toujours à l'intérieur d'un corps d'homme-chat, mais il ne pensait pas que C'mell lui aurait donné des instructions fausses ou non mûrement réfléchies. (Plus tard, il apprit qu'il avait omis de lui dire, au cas où il serait arrêté, de déclarer : « Affaire spéciale sous la protection de Jestocost, Seigneur de l'Instrumentalité. » Mais il ignorait cette formule.)

Un humain arrogant, vêtu d'un manteau rouge

ballonnant, le regarda d'un air incisif tandis qu'il prenait une ceinture, la fixait et entrait dans le puits. Quand Rod s'y engagea, lui et l'homme se trouvèrent au même niveau.

Rod essaya de ressembler à un humble, modeste messager, mais la voix étrange vint frapper son oreille :

« Et pour qui vous prenez-vous donc? Nous sommes dans un puits pour humains ! »

Rod fit semblant d'ignorer que c'était à lui que l'homme au manteau rouge s'adressait. Il continua à flotter tranquillement vers le haut, sa ceinture magnétique lui tirant désagréablement sur la taille.

Une douleur dans les côtes le fit soudain se retourner, en même temps qu'il manquait perdre l'équilibre dans sa ceinture.

« Animal ! » cria l'homme. « Parle ou meurs ! »

Tenant toujours son paquet de livres, Rod dit doucement : « Je suis en service et on m'a dit d'emprunter ce chemin. »

L'hostilité irrationnelle de l'homme donnait du corps à sa voix : « Et qui te l'a dit ?

— C'mell », dit Rod d'un air distrait.

Sur quoi, l'homme et son compagnon éclatèrent de rire, d'un rire où il n'y avait aucun humour, mais de la cruauté, de la sauvagerie, et — tout au fond — de la peur.

« Ecoutez-moi ça ! » dit l'homme au manteau rouge, « un animal dit qu'un autre animal lui a ordonné de faire quelque chose ! » Il tira un couteau.

« Qu'allez-vous faire ? » cria Rod.

« Juste couper ta ceinture », dit l'homme. « Il n'y a absolument personne au-dessous de nous, et tu feras un beau petit tas rouge au bas du puits, homme-chat. Ça devrait t'apprendre quel puits il convient d'emprunter. »

Effectivement, l'homme tendit la main et saisit la ceinture de Rod.

Il leva le couteau pour trancher.

Rod se sentit saisi par la peur et la colère. Son cerveau vit rouge.

Il leur cracha des pensées...

petit
Terrien
rouge sale bleu puant petit homme
meurs, vomis, éclate, explose, meurs !

Les pensées flamboyèrent en un éclair, plus vite qu'il ne pouvait les contrôler. L'homme au manteau rouge se tortilla bizarrement, comme pris d'un spasme. Ses deux compagnons s'agitèrent dans leurs ceintures. Ils se tournèrent lentement.

Loin au-dessus d'eux, deux femmes se mirent à hurler.

Plus haut encore, un homme vociférait, avec sa voix et son esprit : « Bombe télépathique ! Au secours ! Police ! Bombe télépathique ! Bombe télépathique ! Au secours ! »

L'effort de cette explosion télépathique laissa Rod faible et désorienté. Il secoua la tête et battit des paupières. Il voulut s'essuyer le visage, mais ne réussit qu'à se frapper la mâchoire de son paquet de livres qu'il portait toujours. Cela le fit un peut revenir à lui. Il regarda les trois hommes. Manteau rouge était mort, la tête bizarrement penchée. Les deux autres semblaient morts aussi. L'un flottait la tête en bas, le postérieur en l'air, les deux jambes ballottant mollement en tous sens ; l'autre était droit, mais tout affaissé dans sa ceinture. Tous les trois continuaient à monter régulièrement de dix mètres à la minute, en même temps que Rod.

D'en haut lui parvenaient des bruits étranges.

Une voix énorme, emplissant le puits de son volume, rugit d'en haut : « Restez où vous êtes ! Police ! Police ! Police ! »

Rod jeta un coup d'œil sur les trois cadavres qui montaient toujours. Un corridor transversal s'ouvrit à sa hauteur. Il tendit le bras pour saisir le barreau de l'échelle, réussit et fit un rétablissement dans le passage horizontal. Il s'assit immédiatement, sans s'éloigner du puits. Il se mit à penser intensément, avec son nouveau don d'inteindre. Des esprits excités, frénétiques, s'agitaient tout autour de lui, cherchant des ennemis, des fous, des criminels, des étrangers, n'importe quoi sortant de l'ordinaire.

Doucement, il se mit à koser au corridor vide et à lui-même : « Je suis un chat stupide. Je suis le messager C'rod. Je dois porter des livres au Seigneur des Etoiles. Je suis un chat stupide. Je ne sais pas grand-chose. »

Un robot, à l'armure luisante et ornementale de la Vieille Terre, atterrit dans son corridor transversal, regarda Rod et cria dans le puits : « Maître, en voilà un ! Un homme-chat avec un paquet ! »

Un jeune sous-chef apparut, pieds en avant, car, au lieu de monter, il s'était arrangé pour descendre par ce puits. Il s'accrocha au plafond du corridor transversal, exerça une traction et (une fois libéré du magnétisme du puits) tomba lourdement sur ses pieds à côté de Rod. Rod l'inteindit penser : « Je suis très fort pour ça. Je suis un bon télépathe. J'ai vite fait de solutionner une affaire. Regarde-moi cet idiot de chat. »

Rod continua à se concentrer : « Je suis un chat stupide. J'ai un paquet à livrer. Je suis un chat stupide. »

Le sous-chef le regarda avec mépris. Rod sentit l'esprit de l'autre glisser sur le sien en l'équivalent approximatif d'une fouille. Il resta détendu et essaya d'être stupide tandis que l'autre inteindait. Le sous-chef fit luire son bâton sur le paquet, lorgnant la boule de cristal à son extrémité.

« Des livres », grogna-t-il avec mépris.

Rod hocha la tête.

« Toi », dit le brillant sous-chef, « tu as vu des corps ? »

Il parlait une version claire mais laborieuse et presque enfantine de la Vieille Langue Commune.

Rod leva trois doigts et les pointa vers le haut.

« Toi, homme-chat, tu te ressens de la bombe télépathique ! »

Rod, qui commençait à s'amuser, renversa la tête

en arrière et émit un miaulement de douleur. Le sous-chef ne put s'empêcher de se boucher les oreilles. Il s'apprêta à se détourner : « Je vois ce que tu en penses, ami chat. Tu es assez bête, hein ? »

Continuant à émettre des pensées mornes et sottes aussi régulièrement qu'il le pouvait, Rod dit vivement et modestement : « Moi chat intelligent. Et très beau, aussi. »

« Allons, viens », dit le sous-chef à son robot, négligeant complètement Rod.

Rod le tira par la manche.

Le sous-chef se retourna.

Très humble, Rod dit : « Seigneur et Maître, quel chemin pour l'Hôtel des Oiseaux Chanteurs, Chambre Neuf ?

— Mère des Caniches ! » s'écria le sous-chef. « Je suis sur une affaire de meurtre et cet idiot de chat me demande le chemin, à moi ! » Mais c'était un jeune homme gentil et il réfléchit une minute. « Par ici... », dit-il en montrant le haut du puits. « ... Encore vingt mètres, et c'est la troisième rue transversale. Mais c'est un puits *Humains Seulement.* Le puits pour animaux est à un kilomètre. » Il resta là, immobile et fronçant les sourcils, puis pivota vers l'un de ses robots. « Wush, tu vois ce chat ?

— Oui, Maître, un homme-chat, et très beau.

— Tu le trouves beau ? Il le trouve aussi, ce qui vous met d'accord. Il est peut-être beau, mais il est bête. Wush, emmène-le à l'adresse qu'il te dira. Prends le puits ascensionnel, de par mon autorité. Ne lui mets pas de ceinture, prends-le sous ton bras. »

Rod ne cessait de se congratuler d'avoir ôté sa ceinture et de l'avoir négligemment posée sur un râtelier juste avant l'arrivée du robot.

Le robot lui passa un bras autour de la taille, en une étreinte littéralement de fer. Ils n'attendirent pas que la lente poussée magnétique du puits les fasse monter. Le robot avait une sorte d'appareil à réaction dans le dos, et il monta Rod au niveau suivant à une vitesse à donner la nausée. Il le poussa dans le corridor et le suivit.

« Où allez-vous ? » demanda-t-il carrément.

Rod, essayant toujours d'être stupide, juste au cas où quelqu'un aurait encore essayé d'inteindre son esprit, dit lentement et en bafouillant : « Hôtel des Oiseaux Chanteurs, Chambre Neuf. »

Le robot lui passa un bras autour de la taille, en une tentative pour communiquer télépathiquement, mais l'esprit de Rod, bien qu'en alerte, ne perçut pas le moindre murmure télépathique.

« Saints moutons de la gloire ! » pensa-t-il, « il se sert de la radio pour vérifier l'adresse ! »

C'est bien ce que faisait Wush. Il revint à lui un instant plus tard. Ils émergèrent sous le ciel qu'emplissait la lune de la Terre, spectacle parmi les plus charmants que Rod eût jamais vus. Il n'osa pas s'arrêter pour jouir du paysage et il trotta lestement à côté du policier-robot.

Ils descendirent bientôt une route bordée de lourdes fleurs odorantes. L'air humide de la Terre répandait partout leur odeur.

Sur leur droite s'étendait une cour avec des reproductions d'anciennes fontaines, une salle à manger de plein air complètement vide de dîneurs, un serveur-robot dans un coin et de nombreuses chambres individuelles ouvrant sur le patio.

Le policier-robot demanda au serveur-robot : « Où est le numéro neuf ? »

Le serveur lui répondit en levant la main et en tournant bizarrement le poignet, geste répété deux fois et que le policier-robot parut parfaitement comprendre.

« Venez », dit-il à Rod, le précédant en direction d'un escalier extérieur qui aboutissait à un balcon desservant les chambres du premier étage. L'une d'elles portait, très clairement dessiné, le chiffre neuf.

Rod allait dire au policier-robot qu'il voyait bien tout seul le chiffre neuf quand Wush, avec une gentillesse officieuse, tourna la poignée de la porte et poussa le battant avec un geste de bienvenue.

Il y eut l'aboiement d'un pistolet de gros calibre, et

Wush, la tête presque complètement arrachée, s'effondra à grand fracas sur le sol métallique du balcon. Instinctivement, Rod bondit à l'abri, se collant contre le mur.

Un homme de bonne mine, portant ce qui semblait être un costume sombre, s'encadra dans la porte, un gros pistolet de police à la main.

« Oh ! vous voilà ! » dit-il à Rod d'une voix égale. « Entrez donc ! »

Rod sentit ses jambes se mouvoir, se sentit entrer dans la chambre malgré les efforts de son esprit pour résister. Il s'arrêta, affectant d'être un chat stupide, jeta les livres par terre et se remit à penser suivant sa bonne vieille personnalité de Norstralien, malgré son corps de chat. Ça ne lui servit à rien. Il continua à marcher involontairement et entra dans la chambre.

Comme il passait devant l'homme, il perçut une odeur douceâtre et poisseuse de pourriture, une odeur qui ne ressemblait à rien de ce qu'il avait senti jusque-là. Il vit aussi que l'homme, quoique habillé de pied en cap, était trempé.

Il entra dans la chambre.

Il y pleuvait.

Quelqu'un avait dû détraquer le système d'humidification, et la pluie tombait du plafond sur le sol.

C'mell était debout au milieu de la pièce, ses magnifiques cheveux roux pendant lamentablement sur ses épaules, dégoulinant d'eau. Elle avait l'air concentré et inquiet.

« Je suis Tostig Amaral », dit l'homme. « Cette fille m'a dit que son mari arriverait avec un policier. Je ne pensais pas qu'elle disait la vérité. Mais c'était vrai. Avec le mari-chat, voilà qu'arrive un policier. J'ai tiré sur le policier. C'est un robot, et je peux payer au Gouvernement de la Terre autant de robots que je veux. Vous êtes un chat. Je peux aussi vous tuer, et vous payer ensuite. Mais je suis bon, je veux faire l'amour avec votre petite chatte rousse, aussi vais-je me montrer généreux et je vous paierai pour que vous lui disiez vous-même qu'elle est à moi et pas à vous. Vous comprenez ça, homme-chat ? »

Rod se sentit délivré de l'asservissement musculaire qui avait incompréhensiblement entravé sa liberté.

« Seigneur et Maître d'Ailleurs », dit-il, « C'mell est un sous-être. D'après la loi terrestre, si un sous-être et un humain s'engagent dans des relations amoureuses, le sous-être meurt et l'humain se voit soumis à un récurage de Cerveau. Je suis sûr, Maître, que vous ne voulez pas subir un récurage de Cerveau sur ordre des autorités de la Terre ? Laissez cette fille tranquille. Cependant, je suis d'accord que vous payiez pour le robot. »

Amaral traversa la pièce d'une glissade. Son visage était pâle, animé, humain, mais Rod vit que les vêtements noirs n'étaient pas du tout des vêtements.

Ses « vêtements », c'étaient des membranes muqueuses, simples prolongements de la peau organique d'Amaral.

Le visage pâle pâlit encore davantage sous la rage.

« Vous êtes téméraire de parler ainsi, homme-chat. Mon corps est plus gros que le vôtre, et vénéneux en plus. La vie est dure, sur Amazonas Triste, et nous avons des pouvoirs mentaux et physiques auxquels vous feriez bien de ne pas vous frotter ! Si vous ne voulez pas être payé, partez tout de même. La fille est à moi. Ce qui lui arrivera, c'est mon affaire. Si je viole des règlements terrestres, je détruirai la fille-chat et je la paierai. Allez-vous-en ou vous mourrez. »

Rod prit la parole avec un calme délibéré et en prenant un risque calculé. « Citoyen, je ne suis pas d'humeur à plaisanter. Je ne suis pas un homme-chat mais un sujet de Son Absente Majesté la Reine de Vieille Australie du Nord. Je vous avertis que c'est un homme que vous avez devant vous, et non un simple animal. Laissez cette fille tranquille. »

C'mell fit un violent effort, comme si elle voulait parler sans le pouvoir.

Amaral éclata de rire. « Vous mentez, animal, et effrontément ! Je vous admire d'essayer ainsi de sauver votre compagne ! Mais elle est à moi ! C'est une libre-fille et l'Instrumentalité me l'a donnée ! Elle est mon plaisir ! Allez-vous-en, chat effronté ! Mais vous mentez bien. »

Rod risqua sa dernière chance. « Sondez-moi, si vous voulez. »

Il ne recula pas.

L'esprit d'Amaral tâta sa personnalité comme des mains obscènes tâtant de la chair nue. Rod se révulsa à la saleté et à l'intimité des attouchements mentaux d'un tel individu, parce qu'il sentait le genre de plaisirs et de cruautés auxquels se complaisait Amaral. Il tint bon, calme, sûr de lui, juste. Il n'allait pas laisser C'mell avec ce... ce monstre des étoiles, même s'il était homme, descendant d'une véritable souche humaine.

Amaral éclata de rire. « Vous êtes bien un homme. Un adolescent. Un fermier. Et vous ne pouvez ni koser ni inteindre si vous n'avez pas ce bouton dans l'oreille. Va-t'en, petit, avant que je te chauffe les oreilles ! »

Rod dit : « Amaral, je vous avertis que vous êtes en danger ! »

Amaral ne répondit pas par des mots.

Son visage pointu pâlit encore et les plis de sa peau se dilatèrent, frissonnant, comme les bords de ballons crevés et mouillés. La pièce commença à s'emplir d'une puanteur énorme comme s'ils étaient dans une confiserie dans laquelle des gens morts des semaines plus tôt n'auraient jamais été enterrés. Cela sentait la vanille, le sucre, le biscuit, le pain chaud, le chocolat bouillant dans la casserole ; il y avait même un soupçon de stroon. Mais à mesure qu'Amaral tendait et secouait ses peaux auxiliaires, chaque odeur virait en une caricature et une abomination d'elle-même. Le composé était hypnotique. Rod jeta un coup d'œil sur C'mell. Elle était devenue livide. Cela le décida.

Le calme qu'il avait trouvé auprès du Maître-Chat, c'était très bien, mais il y a des moments pour le calme et des moments pour la colère.

Délibérément, Rod choisit la colère.

Il sentit la fureur monter en lui, brûlante, fulgurante et avide, comme l'amour. Il sentit son cœur s'accélérer, ses muscles se gonfler, son esprit s'éclaircir. Amaral avait apparemment une confiance totale en ses pouvoirs hypnotiques et vénéneux, parce qu'il regardait droit devant lui tandis que ses peaux se gonflaient, flottant dans l'air comme des feuilles humides dans l'eau. Le crachin persistant dispensé par l'arroseuse trempait tout jusqu'au cœur.

Rod n'y fit pas attention. Il fit fête à sa fureur.

A l'aide de son nouvel appareil à inteindre, il se concentra sur l'esprit d'Amaral, et sur lui seulement.

Amaral vit les mouvements de ses yeux et sortit brusquement un couteau.

« Homme ou chat, tu es en train de mourir ! » dit Amaral, lui-même excité par la haine et l'affrontement.

Rod lança alors, en son hurlement le plus intense :

Bête, ordure, charogne...
souillure, saleté, immondice,
humide, obscène
meurs, meurs, meurs !

Il était sûr que c'était le cri le plus fort qu'il eût jamais poussé. Il n'y eut pas d'écho, pas d'effet. Amaral le fixait, le couteau scintillant méchamment dans sa main comme la flamme au bout d'une bougie.

La colère de Rod atteignit de nouveaux sommets.

Faisant un pas en avant, il se sentit l'esprit douloureux, les muscles raides. Il avait vraiment peur du poison d'outre-planète que cette créature exsudait, mais en pensant à C'mell — chatte ou pas — seule avec Amaral, sa rage atteignit son paroxysme et lui donna la férocité d'une bête fauve et la force d'un robot.

Ce n'est qu'à la toute dernière seconde qu'Amaral réalisa que Rod avait brisé l'enchantement.

Rod ne sut jamais si son hurlement télépathique avait ou non atteint l'étranger, parce qu'il fit quelque chose de très simple.

Avec la rapidité d'un fermier norstralien, il tendit le bras, arracha le couteau de la main d'Amaral et coupa de grands pans de peau douce et poisseuse, avant d'ouvrir son adversaire en deux, de clavicule à clavicule.

Il sauta en arrière juste à temps pour esquiver le flot de sang.

Le « costume noir et humide » s'effondra et Amaral expira bientôt sur le sol.

Rod prit C'mell étourdie par le bras et l'entraîna hors de la chambre. Sur le balcon, l'air était frais, mais encore imprégné de l'affreuse odeur d'Amazonas Triste. Rod savait qu'il se détesterait pendant des semaines, juste pour le souvenir de cette odeur.

Dehors, il y avait toute une armée de robots et de policiers. On avait emporté le corps de Wush.

Le silence se fit quand ils sortirent.

Puis une voix claire, civilisée, autoritaire, parla du patio au-dessous d'eux : « Est-il mort ? »

Rod hocha la tête.

« Pardonnez-moi de ne pas m'approcher davantage. Je suis le Seigneur Jestocost. Je vous connais, C'roderick, et je sais qui vous êtes réellement. Tous ces gens sont sous mes ordres. Vous et la petite pouvez vous laver et vous changer dans les chambres du bas. Puis vous ferez une certaine course. Demain, à la deuxième heure, je vous verrai. »

Alors, des robots s'approchèrent — des robots apparemment dépourvus d'odorat, parce que l'épouvantable puanteur ne les gênait pas le moins du monde. Les humains faisaient un crochet en passant.

Rod arriva à murmurer : « C'mell, tu n'as rien ? »

Elle fit signe que non et lui adressa un pauvre sourire. Puis elle se força à parler. « Tu es brave, Sieur McBån. Encore plus brave qu'un chat. »

Les robots les séparèrent.

Quelques instants plus tard, de blancs petits robots médicaux ôtaient à Rod ses vêtements, avec douceur, habileté, rapidité. Une bonne douche chaude, corsée d'un soupçon de médecine, sifflait déjà dans la cabine. Rod était fatigué de l'humidité, fatigué de toute cette eau partout, fatigué des choses mouillées et des gens compliqués, mais il entra quand même sous la douche, avec espoir et gratitude. Il était encore en vie. Il avait des amis inconnus.

Et C'mell. C'mell était sauvée.

« Est-ce que c'est ça que les gens appellent l'amour ? » pensa Rod.

L'astringence claire et piquante de la douche chassa toutes pensées de son esprit. Deux des petits robots blancs l'y avaient suivi. Il s'assit sur un banc en bois, humide et chaud, et ils se mirent à le frotter avec des brosses, comme s'ils avaient juré de lui enlever la peau.

Petit à petit, l'horrible odeur s'estompa.

SEPTIÈME PARTIE

OISEAUX, TRÈS LOIN SOUS LA TERRE

ROD MCBAN était trop las pour protester quand deux petits robots blancs l'enveloppèrent dans une immense serviette pour le conduire dans ce qui ressemblait à une salle d'opérations.

Un homme de haute taille, le visage orné d'une barbe brun-roux, chose très rare sur Terre à l'époque, lui dit : « Je suis le Dr. Vomact, le cousin de l'autre Dr. Vomact dont vous avez fait la connaissance sur Mars. Je sais que vous n'êtes pas un chat, Sieur et Propriétaire McBan, et ce n'est que mon devoir de surveiller votre bien-être. Me le permettez-vous ? »

« C'mell... » commença Rod.

« Ne vous inquiétez pas pour elle. Nous lui avons administré un sédatif et, en ce moment, on la traite comme si c'était une humaine. Jestocost m'a dit de suspendre l'application des règlements en sa faveur, et je l'ai fait, mais je crois que plus tard nous aurons tous les deux des ennuis avec certains de nos collègues.

— Des ennuis ? » dit Rod. « Je paierai...

— Non, non, il ne s'agit pas de paiement, mais de la règle suivant laquelle les sous-êtres doivent être détruits et non admis dans les hôpitaux. Vous savez, j'en soigne moi-même de temps en temps, si je peux faire ça discrètement. Mais revenons-en à vous.

— Pourquoi parlons-nous ? » kosa Rod. « Vous ne savez donc pas que j'inteinds, maintenant ? »

Au lieu de subir un examen médical, Rod passa un moment très agréable avec le médecin, au cours duquel ils burent d'immense verres d'un breuvage terrien très doux, nommé *chai* par les anciens Paros-ski. Rod réalisa qu'entre Redlady, l'autre Dr. Vomact sur Mars et le Seigneur Jestocost sur Terre il avait été surveillé et protégé sans interruption. Il découvrit que ce Dr. Vomact était candidat à un poste de Chef de l'Instrumentalité, et il apprit quelque chose sur les étranges tests exigés pour remplir cet office. Il découvrit même que le docteur était mieux informé que lui sur sa propre situation financière, et que les balances actuarielles de la Terre ployaient sous la charge de sa fortune, puisque l'augmentation du prix du stroon provoquerait sans doute un raccourcissement de la vie. Ils terminèrent par une discussion sur les sous-êtres ; il s'aperçut que le docteur admirait C'mell autant que lui.

Enfin Rod mit un terme à la soirée en remarquant : « Je suis jeune, Sieur et Docteur, et je dors bien, mais je crois que je n'arriverai plus jamais à dormir de ma vie si vous n'éloignez pas de moi cette odeur ; elle est incrustée dans mon nez. »

Vomact redevint docteur. Il dit : « Ouvrez la bouche, et soufflez-moi dans la figure ! »

Rod hésita, puis obéit.

« Par les étoiles ! » dit le docteur. « Je la sens aussi. Il y en a un peu dans votre système respiratoire, et peut-être un peu aussi dans vos poumons. Avez-vous besoin de votre odorat au cours des quelques jours qui viennent ? »

Rod dit que non.

« Parfait. Je vais vous engourdir, mais très délicatement, la partie du cerveau en cause. Vous n'aurez pas de séquelles. Vous ne sentirez rien pendant huit ou dix jours, et d'ici là l'odeur d'Amaral se sera dissipée. A propos, vous avez été accusé de meurtre au premier degré, jugé et acquitté, dans l'affaire Tostig Amaral.

— Comment est-ce possible ? » dit Rod. « Je n'ai même pas été arrêté !

— L'Instrumentalité a jugé par ordinateur. Toute la scène avait été enregistrée, car la chambre d'Amaral était sous surveillance constante depuis hier. Quand il vous a averti qu'homme ou chat vous étiez en train de mourir, il a conclu l'affaire contre lui. Vous avez été acquitté pour légitime défense. »

Rod hésita, puis bredouilla : « Et les humains du puits de montée ?

— Les Seigneurs Jestocost et Crudelta, plus moi-même, en avons discuté. Nous avons décidé de ne pas donner suite. Ça maintient la police en alerte s'ils ont de temps en temps quelques affaires non résolues. Maintenant, couchez-vous, que je supprime cette odeur. »

Rod s'étendit. Le docteur lui fixa la tête dans un étau et appela les robots-assistants. Il perdit connaissance au cours du traitement, et, quand il se réveilla, il était dans un autre bâtiment. Il s'assit dans son lit et aperçut la mer. C'mell était debout près de l'eau. Il respira. Il ne sentit ni sel, ni humidité, ni eau, ni Amaral. Ça valait la peine.

C'mell vint à lui : « Mon amour, mon cher amour, mon Seigneur et Maître, mais mon très cher amour quand même ! Tu as risqué ta vie pour moi hier soir !

— Je suis moi-même un chat », dit Rod en riant.

Il sauta à bas de son lit et courut à la lisière de l'eau. L'immensité d'eau bleue était incroyable. Chaque vague constituait un miracle moutonneux en elle-même. Il avait vu les lacs clos d'Australie, mais aucun d'eux n'offrait rien de pareil.

C'mell eut le tact de se taire jusqu'à ce qu'il eût admiré tout son saoul.

Puis elle lui annonça la nouvelle.

« Tu possèdes la Terre. Tu as du travail devant toi. Ou bien tu restes ici et tu étudies pour apprendre à gérer tes propriétés, ou bien tu vas ailleurs. Dans l'un ou l'autre cas, quelque chose d'un peu triste va se passer. Aujourd'hui. »

Il la regarda gravement, ses pyjamas, dont il ne sentait plus l'odeur, claquant au vent.

« Je suis prêt », dit-il. « Qu'est-ce que c'est ?
— Tu me perds.
— C'est tout ? » dit-il en riant.
C'mell eut l'air très blessé. Elle étira ses doigts, comme un chat nerveux cherchant quelque chose à griffer.
— « Je croyais... » dit-elle, puis elle s'interrompit. « Je croyais... » Elle s'interrompit encore. Elle se tourna vers lui, le regardant droit dans les yeux, avec confiance. « Tu es très jeune, mais tu peux faire tout ce que tu veux. Même parmi les humains tu es farouche et résolu. Dis-moi, Seigneur et Maître, ce... ce que tu veux ?
— Pas grand-chose », dit-il en souriant. « Sauf que je t'achète et t'emmène chez moi. Nous ne pourrons pas aller en Norstralie jusqu'à ce qu'on y ait modifié la loi, mais nous pouvons aller sur La Nouvelle-Mars. Là-bas, ils n'ont aucune règle, aucune que quelques tonnes de stroon ne puissent changer. C'mell, je resterai chat. Veux-tu m'épouser ? »
Elle éclata de rire, mais son rire se termina bientôt par des sanglots. Elle le serra dans ses bras, enfouissant son visage contre sa poitrine. Enfin, elle s'essuya les yeux et le regarda :
« Pauvre folle que je suis ! Pauvre fou ! Ne vois-tu donc pas que *je suis un chat !* Si j'avais des enfants, ils resteraient chatons, tous, sauf si j'allais toutes les semaines faire recycler leur code génétique afin qu'ils deviennent des sous-êtres. Ne sais-tu donc pas que toi et moi ne pourrons jamais nous marier ? Jamais avec quelque espoir ? De plus, Rod, il y a l'autre loi. Toi et moi, nous ne pourrons plus jamais nous voir à partir de ce soir au coucher du soleil. Comment crois-tu que le Seigneur Jestocost ait pu me sauver la vie hier ? Comment crois-tu qu'il ait pu me faire entrer à l'hôpital pour me laver de tous les poisons d'Amaral ? Comment crois-tu qu'il ait pu violer pratiquement toutes les règles ? »
Pour Rod, le jour avait perdu tout son éclat. « Je ne sais pas », dit-il, maussade.

« En promettant qu'on me mettrait immédiatement à mort si l'on commettait encore la moindre irrégularité à mon égard. En disant que j'étais un bel animal. Un animal sur lequel on pouvait parier. Ma mort est le gage de ce que toi et moi nous ferons. Ce n'est pas une loi — c'est pire qu'une loi — c'est un accord entre les Seigneurs de l'Instrumentalité.

— Je comprends », dit-il, comprenant en effet la logique du raisonnement, tout en détestant les cruelles coutumes de la Terre qui ne les avaient réunis, C'mell et lui, que pour les séparer.

« Marchons un peu sur la plage, Rod », dit-elle. « A moins que tu ne préfères prendre d'abord ton petit déjeuner ?

— Oh, non ! » dit-il. « Déjeuner ! Au diable tous les petits déjeuners de la Terre ! »

Elle se mit à marcher comme si elle était la personne la plus insouciante de la Terre, mais sa démarche avait un air résolu qui avertit Rod qu'elle avait quelque chose en tête.

Il le sut bientôt.

D'abord, elle l'embrassa, d'un baiser dont il se souvint toute sa vie.

Puis, avant qu'il ait pu dire un mot, elle kosa. Mais elle ne kosa pas en mots ou en idées. Elle chantait sur un ton aigu et sauvage. C'était la musique de son petit poème personnel, celui qu'elle lui avait chanté au sommet de Terraport :

Et, ô mon amour pour toi !
Grands oiseaux piaillant, et un
Grand ciel volant, et un
Grand vent soufflant, et un
Grand cœur battant, et un
Grand lieu pour toi !

Mais ce n'étaient pas les mêmes paroles, pas les mêmes idées, bien qu'elles lui parussent subtilement différentes cette fois. Elle faisait une chose que les meilleurs télépathes de Vieille Australie du Nord essayaient en vain d'accomplir depuis des milliers d'années — elle transmettait les proportions mathématiques et l'essence de la musique directement à partir de son propre cerveau, et elle le faisait avec une clarté et une force dignes d'un grand orchestre : la fugue *Grand vent soufflant* revenait sans relâche.

Il détourna d'elle les yeux, et vit les choses étonnantes qui survenaient alentour. L'air, le sol, la mer grouillaient de vie. L'éclair bleu des poissons scintillait à la surface des eaux bleues. Des multitudes d'oiseaux voletaient autour d'eux. La plage était couverte d'oisillons courant sur leurs petites pattes. Des chiens et des animaux qu'il n'avait jamais vus se pressaient autour de C'mell à perte de vue.

Brusquement, son chant cessa.

Très haut et très clair, elle émit des ordres dans toutes les directions :

« Pensez aux gens. »

« Pensez à ce chat et à moi nous enfuyant quelque part. »

« Pensez aux vaisseaux. »

« Cherchez des étrangers. »

« Pensez aux choses dans le ciel. »

Rod était content que sa faculté de recevoir sur grandes ondes ne lui revînt pas, comme elle le faisait parfois. Il était sûr que toutes les images et contradictions de tous ces esprits l'auraient étourdi.

Elle l'avait pris par les épaules et murmurait farouchement à son oreille :

« Rod, ils nous couvriront. S'il te plaît, viens faire un voyage avec moi, Rod. Un dernier voyage dangereux. Ne le fais pas pour toi. Pas même pour l'humanité. Pour la vie, Rod. L'Esse Aire veut te voir. »

— « Qui est l'Esse Aire ?

— Il t'apprendra le secret, si tu le vois », souffla-t-elle. « Fais-le pour moi si tu ne le fais pas pour mes idées. »

Il sourit. « Pour toi, C'mell, oui.

— Alors, ne pense pas, jusqu'à ce que tu y sois. Ne pose même pas de questions. Contente-toi de me suivre. Des millions de vies dépendent de toi, Rod. »

Elle se redressa et se remit à chanter, mais il n'y avait ni peine, ni angoisse, ni étrange mélopée d'espèce à espèce dans ce nouveau chant. C'était joli et frais comme l'air d'une boîte à musique, aussi simple et joyeux qu'un au revoir.

Les animaux s'évanouirent si rapidement qu'il était difficile de croire qu'ils avaient été légions un instant plus tôt.

« Ça », dit C'mell, « ça devrait occuper un moment les surveillants télépathiques. D'ailleurs, ils n'ont pas beaucoup d'imagination, et quand ils reçoivent quelque chose dans ce genre, ils écrivent des rapports. Puis ils n'arrivent pas à comprendre leurs propres rapports, et, tôt ou tard, l'un d'eux me demande ce que j'ai fait. Je leur dis la vérité. C'est simple.

— Et qu'est-ce que tu vas leur dire, pour aujourd'hui ? » demanda-t-il, alors qu'ils revenaient vers la maison.

« Qu'il y avait quelque chose que je ne voulais pas qu'ils entendent.

— Ils ne vont pas accepter cette réponse.

— Bien entendu, mais ils me soupçonneront d'essayer de te tirer du stroon pour le donner aux sous-êtres.

— Tu en veux, C'mell ?

— Bien sûr que non ! C'est illégal, et ça me permettrait seulement de prolonger ma vie naturelle. Le Maître-Chat est le seul sous-être à recevoir du stroon, et il en obtient par un vote spécial de l'Instrumentalité. »

Ils étaient arrivés à la maison. C'mell s'arrêta.

« N'oublie pas, nous sommes les serviteurs de Dame Frances Oh. Elle a promis à Jestocost de nous ordonner tout ce que je lui demanderai de nous ordonner. Ainsi, elle va nous commander de prendre un solide petit déjeuner. Puis, elle va nous commander de chercher quelque chose loin sous la surface de Terraport.

— Vraiment ? Mais pourquoi ?...

— Pas de questions, Rod. » Le sourire qu'elle lui

adressa aurait fait fondre les pierres. Il se sentait bien. Le plaisir physique d'inteindre les humains qui passaient et de koser avec eux l'amusait et le remplissait de joie. (Certains sous-êtres pouvaient koser et inteindre, mais ils essayaient de le cacher, de peur qu'on ne leur en tienne rigueur.) Il se sentait fort. Perdre C'mell était bien triste, mais ils avaient encore tout un jour devant eux ; il se mit à rêver de ce qu'il pourrait faire pour elle quand ils seraient séparés. Lui acheter les services de milliers de gens jusqu'à la fin de sa vie ? Lui donner des bijoux qui feraient l'envie de toute l'humanité terrestre ? Louer pour elle un yacht planoforme ? Il soupçonnait que tout cela n'était peut-être pas très légal, mais c'était agréable d'y penser.

Trois heures plus tard, il n'avait plus de temps à consacrer aux pensées agréables. De nouveau, il était las jusqu'à la mort. Ils avaient volé jusqu'à Terraport Ville, sur les « ordres » de leur Maîtresse, Dame Oh, puis ils s'étaient mis à descendre. Quarante-cinq minutes de descente lui avaient un peu retourné l'estomac. Il sentait que l'air devenait chaud et renfermé, et il regrettait immensément d'avoir renoncé à son odorat.

Là où s'arrêtaient les puits de descente commençaient les tunnels et les ascenseurs.

Plus bas, ils descendirent en des endroits où une machinerie imcroyablement vieille tournait lentement dans une brume d'huile, exécutant des tâches que seul l'esprit le plus retors pouvait deviner.

Dans une salle, C'mell s'était arrêtée et lui avait hurlé, pour couvrir le bruit des moteurs : « C'est une pompe ! »

Cela semblait évident. D'énormes turbines tournaient lentement. Elles paraissaient reliées à une immense machine à vapeur actionnée par du combustible nucléaire. Cinq ou six robots brillants comme des miroirs les lorgnèrent d'un œil soupçonneux tandis qu'ils faisaient le tour de la machine, qui avait au moins quatre-vingts mètres de long sur quarante-cinq de haut.

« Viens ici ! » hurla C'mell.

Ils entrèrent dans une autre salle, vide, propre et silencieuse, à part une colonne rigide d'eau tourbillonnante qui unissait le sol au plafond sans le secours d'aucune machinerie. Un sous-être, bâclé à partir d'un corps de rat, se leva de son fauteuil à bascule quand ils entrèrent. Il s'inclina devant C'mell, comme devant une grande dame, mais elle le fit rasseoir d'un signe de la main.

Elle emmena Rod près de la colonne d'eau et lui montra un anneau brillant, par terre.

« C'est l'autre pompe. Elles font toutes les deux le même travail.

— Qu'est-ce que c'est ? » hurla-t-il.

« Un champ de force, je suppose. Je ne suis pas ingénieur. » Ils continuèrent.

Dans un corridor plus calme, elle lui expliqua que les deux pompes servaient au contrôle du temps. La vieille marchait depuis six ou sept mille ans et ne révélait que peu de signes d'usure. Quand le besoin d'une nouvelle se faisait sentir, il suffisait de la reproduire sur plastique, de l'incruster dans le sol et de la démarrer à l'électricité. Le sous-être n'était là que pour s'assurer que tout allait bien et que rien n'était en panne.

« Est-ce que les humains ne peuvent donc plus rien inventer de nouveau ? » demanda Rod.

« Seulement s'ils le veulent vraiment. Ce qui est difficile maintenant, c'est de leur faire vouloir quelque chose.

— Tu veux dire qu'ils n'ont plus la volonté de faire quoi que ce soit ?

— Pas exactement », dit C'mell, « mais ils trouvent que nous faisons mieux qu'eux, dans pratiquement tous les domaines. Enfin, pour le travail effectif, non pour le Gouvernement, comme l'Instrumentalité et l'administration de la Terre. De temps en temps, on trouve un humain qui fait un vrai travail, et il y a toujours des gens d'outre-planète, comme toi, pour les stimuler et défier leur intelligence par de nouveaux problèmes. Mais pendant quatre cents ans, ils ont eu l'habitude de la sécurité, d'une langue commune et d'un conditionnement standard. Ils se mouraient de leur perfection même. Une façon d'améliorer la situation aurait été de nous tuer tous, nous les sous-êtres, mais ils n'ont pas pu aller jusqu'au bout. Il y avait trop de travaux subalternes à exécuter, pour lesquels on ne pouvait pas compter sur des robots. Même le meilleur robot, si c'est un ordinateur branché sur un cerveau de souris, sera parfait pour les travaux de routine, mais, à moins d'avoir reçu une éducation humaine complète, il fera toujours tôt ou tard une erreur de jugement qui ne s'accordera pas à ce que veulent les humains. C'est pourquoi ils ont besoin des sous-êtres. Je suis toujours un chat, tout au fond de moi, mais même les chats qui n'ont subi aucune transformation sont des parents assez proches de l'homme. Ils font les mêmes choix fondamentaux entre la beauté et la puissance, entre la survie et l'autosacrifice, entre le bon sens et l'héroïsme. Ainsi, Dame Alice More eut l'idée de son plan de la Redécouverte de l'Homme. Ressusciter les Anciennes Nations, donner à chacun une culture en plus de l'ancienne fondée sur la Vieille Langue Commune, les laisser se disputer, rétablir la maladie, le danger, les accidents, mais tout arranger de telle sorte que rien ne soit vraiment changé. »

Ils étaient arrivés dans un entrepôt dont la taille laissa Rod bouche bée. Le grand hall de réception au sommet de Terraport l'avait étonné, mais cette salle était deux fois plus grande. Elle était pleine d'anciennes cargaisons qu'on n'avait jamais déballées. Rod vit que certaines avaient été destinées à des mondes qui n'existaient plus ou qui avaient changé de nom ; d'autres venaient d'outre-planète, mais personne n'avait ouvert une caisse depuis cinq mille ans ou plus.

« Qu'est-ce que c'est que tout ça ?

— Des cargaisons. Changement technologique. Quelqu'un les a effacées des ordinateurs pour ne plus avoir à y penser. C'est ici que les sous-êtres et les robots font des recherches pour retrouver les anciens artefacts nécessaires à la Redécouverte de l'Homme. L'un des nôtres — un rat transformé, avec trois cents de Q.I. — a trouvé quelque chose marqué *Musée National.* Il s'agissait du Musée de la République du Mali, au grand complet, lequel avait été mis à l'abri à l'intérieur d'une montagne quand les anciennes guerres avaient commencé à s'intensifier. Le Mali ne semble pas avoir été très important en tant que « nation » — comme ils appelaient ces groupements de populations — mais leurs habitants parlaient la même langue que ceux de la France, de sorte que nous avons pu fournir le matériel réel et presque tout ce dont ils avaient besoin pour restaurer un semblant de civilisation française. Pour la Chine, ce fut insoluble. Les Chinois ont survécu plus longtemps que toutes les autres nations, et ils ont eux-mêmes dévalisé leurs tombes, de sorte que nous avons été dans l'impossibilité de reconstruire une Chine d'avant l'Age Spatial. Il nous est impossible de reconstituer les Anciens Chinois. »

Rod s'immobilisa, comme frappé par la foudre. « Je peux parler ici ? »

C'mell prêta l'oreille, l'air lointain.

« Pas ici. De temps en temps, je sens une sonde balayer légèrement mon esprit. Dans deux minutes, tu pourras. Dépêchons-nous.

— Je viens de penser à la question la plus importante de tous les mondes ! » s'écria Rod.

« Alors, cesse de la penser jusqu'à ce que nous soyons en lieu sûr. »

Au lieu de continuer la traversée de l'immense salle, droit devant elle, elle se glissa entre deux caisses et se dirigea vers le mur du grand entrepôt souterrain.

« Cette caisse », dit-elle, « c'est du stroon. Perdu. Nous pourrions en prendre si nous voulions, mais nous avons peur. »

Rod regarda les noms inscrits sur la caisse. Elle avait été expédiée par Roderick Frederick Ronald Arnold William MacArthur McBan XXVI, à Adaminaby Port, et mise en consigne à Terraport.

« C'était il y a cent vingt-cinq générations, expédié de la Station de la Fin du Monde, ma ferme. Je crois que ça se transforme en poison si on attend plus de deux cents ans. Nos militaires l'emploient à des fins horribles en cas d'invasion, mais les Norstraliens ordinaires, quand ils trouvent du vieux stroon, le livrent toujours au Commonwealth. Ils en ont peur. Non que nous en perdions souvent : c'est trop précieux, et nous aimons trop l'argent, avec des taxes d'importation de vingt millions pour cent sur tout. »

C'mell marchait devant ; ils passèrent inopinément devant un minuscule robot, qui, une lampe fixée sur le front, était assis entre deux énormes piles de livres. Il semblait les lire un par un, parce qu'il avait à côté de lui un tas de notes plus gros que lui. Il ne leva pas les yeux et ils ne l'interrompirent pas.

Arrivée au mur, C'mell dit : « Maintenant, fais exactement ce que je vais te dire. Tu vois la poussière au bas de cette caisse ?

— Oui.

— Il ne faut absolument pas y toucher. Maintenant, regarde. Je vais sauter du sommet de cette caisse au sommet de celle-ci, sans déranger la poussière. Après, je veux que tu sautes de la même façon pour te retrouver exactement à l'endroit que je t'indiquerai, sans même y penser, si tu peux. Je te suivrai. N'essaye pas d'être poli ou galant, ou tu ferais tout rater. »

Rod hocha la tête.

Elle sauta sur une caisse placée contre le mur. Ses cheveux roux ne voletaient pas derrière elle, car elle les avait noués en bandeaux avant le départ, au moment où les serviteurs-robots de Dame Frances Oh leur avaient donné des salopettes à enfiler sur leurs vêtements. Ils ressemblaient à un couple d'ouvriers ordinaires.

Ou elle était très forte, ou la caisse était très

légère. Debout dessus, elle l'inclina délicatement, pour que la poussière qui en dessinait la base n'ait pas l'air d'avoir été déplacée, à moins qu'on ne l'examine au microscope. D'un mouvement du poignet, bizarre, mais qui semblait lui être familier, elle fit comprendre à Rod qu'il devait sauter de sa caisse à la caisse inclinée, puis bondir dans l'espace au-delà de la caisse — quel qu'il fît. Cela lui paraissait facile, mais il se demanda si elle arriverait à supporter son propre poids plus celui de Rod sur la caisse. Il se rappela l'ordre qu'elle lui avait donné, de ne pas parler ni penser. Il essaya de se concentrer sur le filet de saumon qu'il avait mangé la veille. Pensée typiquement chat s'il en fut, au cas où une sonde aurait surpris ses réflexions à ce moment-là ! Il sauta, chancela sur le plan incliné de la seconde caisse, et s'engouffra dans une minuscule porte, juste assez large pour y ramper. Apparemment prévue pour des câbles, des tuyaux et pour l'entretien, et non pour livrer passage à des humains, elle était trop basse pour qu'on pût s'y tenir debout. Il avança péniblement.

Claquement sec.

C'mell avait sauté après lui, laissant la caisse retomber dans sa position première dont elle n'avait apparemment pas bougé.

Elle rampa jusqu'à lui. « Continue », dit-elle.

« On peut parler, ici ?

— Bien sûr ! Tu veux parler ? L'endroit n'est guère choisi.

— C'est ma question », dit Rod, « la grande question qu'il faut que je te pose. Vous autres, les sous-êtres, vous vous occupez de tout pour les humains, vous leur composez de nouvelles cultures et vous en arriverez à être les maîtres des hommes !

— Oui », dit C'mell, laissant son affirmation explosive flotter entre eux.

Il ne trouva rien à dire ; c'était sa grande idée géniale de la journée, et le fait qu'elle sût déjà que les sous-êtres étaient en train de devenir les maîtres secrets de l'humanité — c'en était trop !

Elle considéra son visage amical et dit, avec plus de gentillesse : « Nous autres sous-êtres, il y a longtemps que nous voyons ça venir. Certains humains aussi. Particulièrement le Seigneur Jestocost. Il est très fort. Et toi aussi, Rod, tu fais partie du plan.

— Moi ?

— Pas en tant qu'individu. En tant que changement économique. En tant que source de puissance encore sans emploi.

— Tu veux dire, C'mell, que vous aussi vous êtes après moi ? Je n'arrive pas à y croire. Je sais reconnaître une peste, un parasite ou un voleur. Tu ne leur ressembles pas. Tu es bonne, jusqu'au plus profond de toi. » Sa voix faiblit. « Je parlais sérieusement ce matin, C'mell, quand je t'ai demandé de m'épouser. »

La délicatesse du chat et la tendresse de la femme se mêlèrent dans sa voix quand elle répondit : « Je sais que tu parlais sérieusement. » D'une caresse aussi réservée que peut l'être un contact physique, elle repoussa une boucle qui tombait dans les yeux de Rod. « Mais il ne s'agit pas de nous. Je ne me sers pas de toi pour moi-même, Rod. Je ne désire rien personnellement, mais je voudrais que le monde devienne meilleur pour les sous-êtres. Et pour les humains aussi. Nous, les chats, nous avons aimé les humains bien longtemps avant d'avoir des cerveaux. Nous sommes *vos* chats depuis des temps immémoriaux. Croyez-vous que notre fidélité à la race humaine aurait cessé juste parce que vous avez transformé nos corps et augmenté la puissance de notre pensée ? Je t'aime, Rod, mais j'aime aussi les humains. C'est pourquoi je t'emmène voir l'Esse Aire.

— Peux-tu me dire ce que c'est... tout de suite ? »

Elle éclata de rire. « Nous sommes ici dans un endroit sûr. Il s'agit de la Sainte Révolution. Le Gouvernement secret des sous-êtres. C'est un endroit aberrant pour parler, Rod. Tu vas en rencontrer la direction dans quelques minutes.

— Tous ? » Rod pensait aux Chefs de l'Instrumentalité.

« Ce n'est pas un pluriel, mais un singulier. L'E'telekeli. L'oiseau qui vit sous la terre. E-ikasus est l'un de ses fils.

— S'il est unique, comment l'avez-vous choisi ? Est-ce qu'il est comme la Reine d'Angleterre que nous avons perdue il y a si longtemps ? »

C'mell se remit à rire. « Nous ne l'avons pas choisi. Il a *grandi,* et maintenant il est notre chef. Les humains ont pris un jour un œuf d'aigle et ont essayé d'en faire un Daimoni. Quand l'expérience a raté, vous avez jeté le fœtus. Il a survécu. Et c'est lui. C'est l'esprit le plus puissant que tu aies jamais rencontré. Viens. Ce n'est pas un endroit pour parler, et nous n'arrêtons pas. »

Elle se mit à ramper dans le passage horizontal, faisant signe à Rod de la suivre.

Il suivit.

Tout en rampant, il lui cria : « C'mell, arrête une minute ! »

Elle s'arrêta et attendit qu'il la rejoigne. Il avait l'air si seul et si inquiet qu'elle pensa qu'il voudrait peut-être l'embrasser. Elle était prête à un baiser. Il la surprit beaucoup en lui disant, à la place :

« Je ne sens rien, C'mell. J'ai tellement l'habitude de sentir que ça me manque. Je t'en prie, dis-moi quelles sont les odeurs de cet endroit ? »

Elle écarquilla les yeux puis se mit à rire : « Ça sent le souterrain. Ça sent l'électricité qui brûle l'air. Des animaux au loin, beaucoup d'animaux différents. La vieille, vieille odeur de l'homme, presque disparue. L'huile de moteur et les gaz d'échappement. Odeur de cauchemar. Odeur de silence, des choses intouchées. Bon, tu comprends ? »

Il hocha la tête et ils repartirent.

Au bout du passage horizontal, C'mell se retourna et dit : « Ici meurent tous les humains. Viens ! »

Rod se mit à la suivre, puis s'immobilisa. « C'mell, es-tu folle ? Pourquoi mourrais-je ? Il n'y a aucune raison. »

Le rire de C'mell n'était que joie. « Grand fou ! Tu es chat, C'rod, assez chat pour venir où aucun homme n'est allé depuis des siècles ! Viens. Fais attention aux squelettes. Il y en a des tas dans le coin. Nous n'aimons pas tuer les humains, mais il y en a que nous n'arrivons pas à avertir à temps. »

Ils émergèrent sur un balcon surplombant un entrepôt encore plus immense que le premier et contenant encore plus de caisses. C'mell n'y prêta aucune attention. Elle alla au bout du balcon et se mit à descendre en courant une échelle d'acier.

« Encore des rebuts du passé ! » dit-elle, prévenant les commentaires de Rod. « A la surface, les gens ont oublié tout ça : nous, on continue à y fureter. »

Bien qu'il ne pût pas sentir les odeurs, à ces profondeurs l'air lui semblait lourd, épais, immobile.

C'mell ne ralentissait pas. Elle se frayait un chemin au milieu des rebuts et des trésors, comme une acrobate. Arrivée à l'autre bout de l'entrepôt, elle s'arrêta. « Prends un de ces trucs », commanda-t-elle.

Cela ressemblait à de grands parapluies. Il en avait vu sur les images que lui avait montrées son ordinateur. Mais ceux-là semblaient beaucoup plus grands que ceux des images. Il chercha des yeux la pluie. Après son expérience avec Tostig Amaral, il ne voulait plus rien savoir de la pluie en salle couverte. C'mell ne comprit pas ses hésitations.

« Le puits de descente », dit-elle, « n'a pas de contrôles magnétiques. Ce n'est qu'un simple puits de douze mètres de diamètre. Ça, ce sont des parachutes. Nous allons sauter avec dans le puits, et nous flotterons jusqu'en bas. D'une seule étape. Quatre kilomètres. C'est près du Moho. »

Comme il ne prenait pas de parapluie, elle lui en tendit un. C'était étonnamment léger.

Il battit des paupières. « Comment sortirons-nous ?

— L'un des hommes-oiseaux nous remontera d'un coup d'aile. C'est pénible, mais ils y arrivent. Accroche solidement le parachute à ta ceinture. La descente prend longtemps, et nous ne pourrons pas nous parler. Et, de plus, il fait terriblement noir. »

Il s'exécuta.

Elle ouvrit une grande porte, derrière laquelle on sentait le vide. Elle lui fit au revoir de la main, ouvrit partiellement son « parapluie », franchit le seuil et disparut. Il jeta un coup d'œil par-dessus le vide. Il n'y avait rien. Pas trace de C'mell, pas un son, à part le glissement de l'air et, de temps en temps, le frottement assourdi du métal contre le métal. Il pensa que ce devait être le frottement du parapluie contre les bords du puits.

Il soupira. La Norstralie était un endroit sûr et tranquille en comparaison.

Il ouvrit son parapluie.

Obéissant à une curieuse prémonition, il enleva de son oreille son petit appareil à koser et le mit soigneusement dans la poche de sa salopette.

Cet acte lui sauva la vie.

HUITIÈME PARTIE

SON ÉTRANGE AUTEL

ROD se souvint plus tard d'une chute sans fin. Il hurla dans les ténèbres humides et poisseuses, mais personne ne lui répondit. Il eut envie de couper son parachute et de se précipiter ainsi dans la mort, mais il pensa à C'mell, et réalisa qu'il tomberait sur elle comme une bombe. Il s'étonna de ce désespoir, n'arrivant pas à le comprendre. (Plus tard, il apprit qu'il traversait alors les écrans-suicides télépathiques établis par les sous-êtres, écrans réglés sur l'esprit humain, destinés à faire surgir ordure et désespoir du paléocortex, suivant la succession sentir-mordre-coïter propre aux animaux guidés par l'odorat, qui les premiers avaient peuplé la Terre ; mais Rod était assez chat, juste assez chat, et il était aussi télépathiquement arriéré, de sorte que les écrans n'agirent pas sur lui comme ils auraient agi sur un Terrien normal — précipitant au bas du puits un corps déchiqueté. Aucun homme n'était jamais parvenu si loin, mais les sous-êtres en avaient décidé ainsi.) Rod se tordit dans son harnais et finit par s'évanouir.

Il se réveilla dans une salle relativement petite, immense suivant les standards terrestres, mais quand même petite par comparaison avec les deux entrepôts qu'il avait traversés en descendant. La lumière était vive.

Il se dit que l'endroit devait être empuanti, mais il ne pouvait en être sûr en l'absence de son odorat.

Un homme parlait : « La Parole Défendue n'est jamais donnée, sauf à l'homme qui, ne la connaissant pas, la demande clairement. »

Chœur de voix soupirant : « Nous nous rappelons. Nous nous rappelons. Nous nous rappelons ce que nous nous rappelons. »

L'orateur, mince et pâle, était presque un géant. Son visage était celui d'un saint mort, pâle, blanc comme l'albâtre avec des yeux de braise. Son corps était à la fois celui d'un homme et celui d'un oiseau, homme des hanches à la tête, mais des mains humaines sortaient à la jointure d'immenses ailes blanches immaculées. A partir des hanches, ses membres étaient des pattes d'oiseau qui se terminaient par des serres cornées mais presque transparentes fermement posées sur le sol.

« Je suis désolé que vous ayez dû prendre ce risque, Sieur et Propriétaire McBan. On m'avait mal renseigné. Vous êtes un chat parfait extérieurement, mais intérieurement vous êtes toujours complètement homme. Nos dispositifs de sûreté ont meurtri votre esprit et auraient pu vous tuer. »

Les yeux fixés sur le géant, Rod se leva, chancelant. Il vit que C'mell s'était mêlée aux gens qui l'aidaient. Quand il fut debout, quelqu'un lui tendit un gobelet d'eau glacée. Il but avidement. Il faisait chaud dans le Tréfonds — chaud, lourd, avec la sensation de grandes machines toutes proches.

« Je suis l'E'telekeli », dit le grand homme-oiseau. Il prononçait I'telly-Kelly. « Vous êtes le premier humain à me voir en chair et en os. »

« Béni, béni, béni, quatre fois béni soit le nom de notre chef, de notre père, de notre frère, de notre fils l'E'telekeli ! » psalmodièrent en chœur les sous-êtres.

Rod regarda autour de lui. Il vit tous les genres de sous-êtres imaginables, y compris certains dont il ne soupçonnait même pas l'existence. L'un n'était qu'une tête sur une étagère, sans corps apparent. Comme, choqué quand même, il regardait la tête droit dans les yeux, elle se mit à sourire en lui faisant un clin d'œil. L'E'telekeli suivit son regard. « Ne vous laissez pas impressionner. Certains sont normaux, mais ici tout en bas la plupart sont des rebuts rejetés par les laboratoires des hommes. Vous connaissez mon fils. »

Un grand jeune homme très pâle et sans aucune plume se leva. Il était nu comme un ver et parfaitement à son aise. Il tendit à Rod une main amicale. Rod était certain de ne l'avoir jamais vu. Il sentit l'hésitation de Rod :

« Vous m'avez connu sous le nom d'A'gentur. Je suis l'E-ikasus. »

« Béni, béni, trois fois béni soit le nom de notre chef à venir, l'Yékasusse ! » psalmodièrent les sous-êtres.

Quelque chose dans cette scène excita le sain humour norstralien de Rod. Il s'adressa au grand sous-être comme il aurait parlé à un autre Sieur et Propriétaire chez lui, d'un ton amical mais brusque.

« Heureux que vous me souhaitiez la bienvenue, Maître !

« Heureux, heureux, heureux est l'étranger venu des étoiles ! » reprit le chœur.

« Vous ne pouvez pas leur dire de la fermer ? » demanda Rod.

« La fermer, fermer, fermer, dit l'étranger venu des étoiles ! » répéta le chœur.

L'E'telekeli ne se mit pas exactement à rire, mais son sourire n'était pas que pure bienveillance.

« Nous pouvons faire comme s'ils n'existaient pas et continuer à parler, ou bien je peux rendre votre esprit sourd à ce qu'ils disent chaque fois qu'ils répètent ce que nous disons. C'est comme un rituel cérémoniel de cour. »

Rod regarda autour de lui. « Je suis déjà en votre pouvoir », dit-il. « Aussi ça ne fait rien si vous tripotez un peu mon esprit. Rendez-moi sourd à leurs voix. »

L'E'telekeli parut soudain écrire du doigt une équation mathématique ; Rod suivit le doigt des yeux, et soudain la salle se tut.

« Venez avec moi et asseyez-vous », dit l'E'telekeli.

Rod le suivit.

« Qu'est-ce que vous voulez ? » demanda-t-il tout en suivant.

L'E'telekeli ne tourna même pas la tête pour répondre. Il continua à marcher.

« Votre argent, Sieur et Propriétaire McBan. Presque tout votre argent. »

Rod s'immobilisa. Il s'entendit éclater d'un rire fou. « Mon argent ? Vous ? Ici ? Mais qu'est-ce que vous pourriez en faire ?

— Ça, dit l'E'telekeli, « c'est la raison pour laquelle il faut vous asseoir.

— Assieds-toi », dit C'mell, qui les avait suivis.

Rod s'assit.

« Nous avons peur que l'Homme lui-même s'éteigne, nous laissant seuls dans l'univers. Nous avons besoin de l'Homme, et il se passera encore un temps infini avant que nous nous fondions en une destinée commune. Les gens ont toujours supposé que la fin du monde était pour demain, et nous avons la promesse de l'Homme Interdit qu'il en sera ainsi. Mais cela ne pourrait survenir que dans des centaines de milliers, peut-être des millions d'années. Les gens sont dispersés, Sieur McBan, de sorte qu'aucune arme ne les tuera jamais tous sur toutes les planètes, mais, dispersés ou non, ils sont quand même hantés par eux-mêmes. Ils atteignent un certain point de développement puis s'arrêtent.

— Oui », dit Rod, tendant la main vers une carafe et se versant un verre d'eau. « Mais il y a loin de la philosophie de l'univers à mon argent. Nous sommes assez fous en Norstralie, mais quand même, jamais personne n'est venu me demander ma fortune comme ça, de but en blanc. »

Les yeux de l'E'telekeli se mirent à luire comme un feu glacé, mais Rod savait qu'il ne cherchait pas à l'hypnotiser, à le soumettre. C'était la simple force de la personnalité de l'homme-oiseau qui flambait ainsi.

« Ecoutez-moi bien, Sieur McBan. Nous sommes les créatures de l'Homme. Vous êtes des dieux pour nous. Vous avez fait de nous des êtres qui parlent, qui s'inquiètent, qui pensent, qui aiment et qui meurent. La plupart de nos races étaient déjà amies de l'Homme avant que vous fassiez de nous des sous-êtres — comme C'mell. Combien de chats ont aimé et servi l'Homme, et pendant si longtemps ! Combien de bovins ont travaillé pour l'Homme, été mangés par l'Homme, traits par l'Homme, à travers les âges, et ont pourtant suivi l'Homme partout où il est allé, même sur les étoiles ? Et les chiens. Je n'ai pas à vous rappeler combien les chiens aiment l'Homme. Nous nous sommes donné le nom de Sainte Révolution parce que nous sommes des rebelles. Nous sommes un gouvernement. Nous sommes une puissance, presque aussi forte que l'Instrumentalité. Nous vous aimons, Rod, non parce que vous êtes un riche Norstralien mais parce que ça fait partie de notre religion d'aimer l'humanité qui nous a créés.

— C'est bien tourner autour du pot avant d'en arriver à mon argent », dit Rod. « Venez-en au fait, Maître. »

L'E'telekeli eut un sourire doux et triste. Rod sut immédiatement que c'était sa propre incompréhension qui provoquait la patience et la tristesse de l'homme-oiseau. Pour la toute première fois, il commença à accepter l'idée que cette personne était peut-être supérieure à tous les humains qu'il avait rencontrés.

« Je suis désolé », dit-il. « Je n'ai encore pas eu une minute pour jouir de mon argent, depuis que je l'ai. On me dit que tout le monde le veut. Je commence à penser que je ne ferai jamais rien d'autre que fuir, jusqu'à la fin de mes jours... »

L'E'telekeli eut un sourire heureux, comme un professeur dont l'élève vient soudain de répondre brillamment. « C'est vrai. Vous avez beaucoup appris du Maître-Chat, et de vous-même. Je vous offre quelque chose de plus. L'occasion de faire un bien immense. Avez-vous jamais entendu parler des Fondations ?

— Les soubassements d'édifices ?

— Non. Les institutions. Venues d'un très ancien passé. »

Rod secoua la tête. Il ne connaissait pas.

« Si un don était assez important, il durait et continuait à produire jusqu'à l'écroulement de la culture qui l'avait instauré. Si vous donniez la plus grande partie de votre fortune à des hommes bons et sages, on pourrait la dépenser bien des fois pour améliorer la race humaine. Voilà de quoi nous avons besoin. Des hommes meilleurs nous feront des vies meilleures. Croyez-vous que nous ne sachions pas que des pilotes et des Boute-Lumière sont parfois morts dans l'espace pour sauver leurs chats ?

— Ou que des humains tuent les sous-êtres sans même y faire attention ? » contra Rod. « Ou les humilient sans même s'en apercevoir ? Il me semble que vous devez bien y trouver votre profit, Maître.

— Oui... mais pas tant que ça. Les hommes sont méchants quand ils ont peur ou qu'ils s'ennuient. Ils sont bons quand ils sont heureux et occupés. Je veux que vous donniez votre argent pour leur procurer des jeux, des sports, des compétitions, des spectacles, de la musique, et l'occasion d'une haine honnête.

— Haine ? » dit Rod. « Je commençais à croire que j'avais trouvé un oiseau Croyant... quelqu'un débitant des litanies d'ancienne magie.

— Nous ne mettons pas fin au temps », dit le grand homme-oiseau. « Nous altérons seulement les conditions matérielles de l'homme pour la période historique présente. Nous voulons éloigner l'humanité de la tragédie et de l'auto-défaite. Bien que les falaises s'effondrent, nous voulons que l'Homme demeure. Vous connaissez Swinburne ?

— Où est-ce ? » dit Rod.

« Ce n'est pas un lieu. C'est un poète d'avant l'Age de l'Espace. Voici ce qu'il a écrit. Ecoutez :

Jusqu'à ce que monte la mer lentement, et que s'écroule la falaise,
Jusqu'à ce que prés et plateau dans le gouffre du golfe s'abîment,
Jusqu'à ce que le flot puissant du flux arrache
Les champs qui diminuent et les rocs qui s'effritent,
Ici, dans son triomphe où tout chancelle,
Allongée sur les dévastations répandues par sa main,
Comme un dieu qui s'immole sur son étrange autel,
La mort gît morte.

Vous êtes d'accord ?

— Ça sonne bien, mais je ne comprends pas », dit Rod.

Je vous en prie, Maître, je suis plus fatigué que je ne pensais. Et je n'ai que cette unique journée à passer avec C'mell. Finissez ce que vous avez à faire avec moi, que je puisse passer quelque temps avec elle. »

Le grand sous-être leva les bras. Ses ailes s'étendirent sur Rod comme un dais.

« Qu'il en soit ainsi ! » dit-il, et ses paroles vibrèrent comme un hymne.

Rod voyait les lèvres des sous-êtres reprendre en chœur, mais il n'entendait pas.

« Je vous offre un marché tangible. Dites-moi si je lis bien dans votre esprit. »

Rod hocha la tête, impressionné.

« Vous voulez votre argent, et vous ne le voulez pas. Vous garderez cent mille crédits, ce qui fera de vous l'homme le plus riche de Norstralie jusqu'à la fin de votre très longue vie. Le reste, vous le donnerez à une Fondation qui enseignera aux hommes de haïr facilement et légèrement, comme dans un jeu, et non violemment et maladivement, comme dans la réalité. Les fondés de pouvoir en seront les Seigneurs de l'Instrumentalité que je connais, comme Jestocost, Crudelta, et Dame Johanna Gnade.

— Et qu'est-ce que j'aurai ?

— Ce que votre cœur désire. » Le beau visage pâle et sage fixa Rod comme un père cherchant à pénétrer la perplexité de son propre fils. Rod avait un peu peur de ce visage, mais il avait aussi confiance.

« Je veux trop de choses. Je ne peux pas tout avoir.

— Je vais vous dire ce que vous voulez : vous voulez être de retour chez vous, et que tous vos ennuis soient passés. Je peux vous déposer à la Station de la Fin du Monde d'un seul long bond spatial. Regardez par terre. J'ai vos livres et le timbre que vous aviez laissés dans la chambre d'Amaral. Ils partiront avec vous.

— Mais je veux voir la Terre.

— Revenez quand vous serez plus vieux et plus sage. Un jour. Pour voir le bien que votre argent aura fait.

— C'est-à-dire... » dit Rod.

« Vous désirez C'mell. » Le sage visage livide ne montrait ni embarras, ni colère, ni condescendance. « Vous l'aurez, dans un rêve associé, son esprit lié au vôtre, pendant un temps subjectif de mille ans. Vous vivrez toutes les circonstances heureuses que vous auriez pu vivre ensemble si vous étiez resté ici et étiez devenu un homme-chat. Vous verrez vos enfants-chats grandir, vieillir et mourir. Cela prendra environ une demi-heure.

— Juste un rêve ! Vous voulez m'enlever tous mes mégacrédits contre un rêve !

— *Un rêve de deux esprits ensemble ? Deux esprits vivants, accélérés, vivant l'un dans l'autre ?* Avez-vous jamais entendu parler d'une chose pareille ?

— Non », dit Rod.

« Avez-vous confiance en moi ? »

Rod regarda l'homme-oiseau d'un air interrogateur, et il se sentit soulagé d'un grand poids. Il avait confiance en cette créature plus qu'il n'avait jamais eu confiance en le père qui ne le désirait pas, en la mère qui avait renoncé à lui, en les voisins qui le regardaient et le traitaient avec gentillesse. Il soupira : « J'ai confiance en vous.

— Et je m'occuperai aussi de tous les petits détails », ajouta l'E'telekeli, et je vous en laisserai le souvenir. Vous me faites confiance, c'est assez. Vous rentrerez chez vous, sain et sauf. Vous êtes protégé, à l'extérieur de la Norstralie, jusqu'où mes pouvoirs atteignent rarement, aussi longtemps que vous vivrez. Dès maintenant vous aurez une vie séparée avec C'mell et vous vous en souviendrez presque totalement. En retour, vous irez jusqu'au mur et vous transférerez votre fortune, moins un demi-mégacrédit, à la Fondation Rod McBan. »

Rod ne vit pas que les sous-êtres se pressaient autour de lui comme des adorateurs. Il fut obligé de s'arrêter quand une grande jeune fille très pâle lui prit la main et la porta à sa joue. « Vous n'êtes peut-être pas l'Annoncé mais vous êtes un homme grand et bon. Nous ne pouvons rien vous prendre. Nous ne pouvons que demander. Tel est l'enseignement de Joan. Et vous avez donné.

— Qui êtes-vous ? » dit Rod d'une voix effrayée, pensant que c'était peut-être une jeune humaine que les sous-êtres avaient attirée dans les entrailles de la Terre.

« E'lamelanie, fille de l'E'telekeli. »

Rod la regarda fixement, puis se dirigea vers le mur. Il poussa un bouton tout à fait ordinaire. Quel endroit pour trouver ça ! « Le Seigneur Jestocost ! » appela-t-il. « McBan à l'appareil. Non, idiot ! je suis propriétaire de ce système ! »

Un petit homme rond et élégant apparut sur l'écran. « Si je comprends bien », dit-il, « vous êtes le premier humain à aller dans ces profondeurs. Que puis-je pour vous, Sieur et Propriétaire McBan ?

— Prenez note », dit l'E'telekeli, hors de vue de la machine, mais près de Rod.

Rod répéta.

De son côté, le Seigneur Jestocost fit venir des témoins.

La dictée fut longue, mais la communication se termina enfin. Rod ne se fâcha qu'une fois. Quand ils voulurent appeler la Fondation Rod McBan, il dit : « Appelez-la juste la Fondation Cent Cinquante.

— Cent Cinquante ? » demanda Jestocost.

« En mémoire de mon père. C'était son numéro dans notre famille. Je suis le cent cinquante et unième. Il venait avant moi. N'expliquez pas le nombre. Contentez-vous de vous en servir.

— Parfait », dit Jestocost. « Maintenant, il nous faut des notaires et des témoins officiels pour attester vos empreintes oculaires, digitales et cervicales. Demandez à la Personne qui est avec vous de vous donner un masque, pour que votre visage de chat ne trouble pas les témoins. Où est la machine que vous utilisez ? Je crois parfaitement le savoir.

— Au pied de l'Alpha Ralpha, dans un marché oublié », dit l'E'telekeli. « Vos hommes la trouveront demain quand ils viendront vérifier son authenticité. » Il était toujours hors de vue de la machine, de sorte que Jestocost l'entendait mais ne pouvait pas le voir.

« Je connais la voix », dit Jestocost. « Elle me parvient comme en rêve. Mais je ne demanderai pas à voir le visage.

— Votre ami ici présent est venu où seuls viennent les sous-êtres », dit l'E'telekeli, « et nous disposons de son destin en plus d'un sens, Seigneur, avec votre gracieuse permission.

— Ma permission ne semble pas vous avoir beaucoup manqué », grogna Jestocost avec un bref éclat de rire.

« J'aimerais vous parler. Avez-vous un sous-être intelligent près de vous ?

— Je peux appeler C'mell. Elle n'est jamais bien loin.

— Pas cette fois, Seigneur. Elle est ici.

— En bas, avec *vous ?* je ne savais pas qu'elle allait vous voir. »

L'étonnement se lisait sur le visage du Seigneur Jestocost.

« Néanmoins, elle est ici. Vous avez un autre sous-être ? »

Rod se sentait tout bête, debout comme un mannequin devant le visiphone, pendant que les deux hommes, invisibles l'un pour l'autre, se parlaient pardessus sa tête. Mais il sentit, avec force, que tous les deux voulaient son bien. Il était presque nerveux dans l'attente de l'étrange bonheur qu'on lui avait promis avec C'mell, mais c'était un jeune homme assez respectueux pour attendre que les grands de ce monde aient fini de régler leurs affaires.

« Attendez un moment », dit Jestocost.

Dans les entrailles de la Terre, sur l'écran, Rod voyait le Seigneur de l'Instrumentalité manœuvrer les contrôles d'écrans secondaires. Quelques instants plus tard, Jestocost répondait :

« B'dank sera là dans quelques minutes.

— Dans vingt minutes, Seigneur, voudrez-vous donner les mains à votre serviteur B'dank, comme vous l'avez fait un jour pour C'mell ? J'ai le problème de ce jeune homme et de son retour. Il est des choses que vous ne savez pas, et que j'aimerais mieux ne pas dire sur les ondes. »

Jestocost eut une hésitation imperceptible, puis : « Parfait », dit-il en riant. « Autant se faire pendre pour le mouton que pour l'agneau ! »

L'E'telekeli restait à l'écart. Quelqu'un tendit à Rod un masque qui cachait ses traits d'homme-chat, tout en laissant voir ses yeux et ses mains. L'empreinte cervicale se prenait par les yeux.

On fit les enregistrements.

Rod retourna au banc et à la table. Il se resservit un verre d'eau de la carafe. Quelqu'un lui jeta une guirlande de fleurs fraîches sur les épaules. Des fleurs fraîches ! En un tel lieu... Il s'étonna. Trois sous-filles plutôt jolies, dont deux étaient d'origine chat et la troisième de souche canine, conduisaient vers lui une C'mell vêtue de neuf. Elle portait la plus simple et la plus modeste des robes blanches. Une large ceinture dorée lui enserrait la taille. Elle riait, puis s'arrêta de rire et rougit quand on l'amena vers Rod.

Deux sièges étaient aménagés sur le banc. On y disposa des coussins pour qu'ils fussent tous les deux à leur aise. On leur mit sur la tête de soyeux bonnets métalliques, comme les bonnets de plaisir utilisés en chirurgie. Rod sentit son odorat exploser à l'intérieur de son cerveau ; il se raviva soudain, plus intense que jamais. Il prit C'mell par la main et se mit à marcher dans une immémoriale forêt terrestre, où un temple plus vieux que le temps brillait à la douce lumière de la vieille lune. Il savait qu'il rêvait déjà. C'mell perçut sa pensée et dit :

« Rod, mon maître et mon amant, c'est un rêve, mais je le vis avec toi... »

Qui peut mesurer mille années de rêves heureux — les voyages, les choses, les pique-niques, les visites aux cités vides et oubliées, la découverte de paysages merveilleux et de lieux étranges ? Et l'amour, et le partage, et le double reflet de toutes choses étranges et merveilleuses par deux personnalités distinctes, séparées et parfaitements harmonieuses ? C'mell, la fille-chat' et C'roderick, l'homme-chat, ils semblaient heureusement condamnés à être l'un avec l'autre. Qui peut vivre des siècles entiers de félicité et les raconter en quelques minutes ? Qui peut dire l'histoire complète de ces vies — les bonheurs, les quarelles, les réconciliations, les problèmes, les solutions, et toujours le partage, le bonheur, et encore le partage ?...

Quand ils réveillèrent Rod, très doucement, ils laissèrent C'mell dormir. Il se regarda, s'attendant à se trouver vieux. Mais il était toujours jeune, et toujours dans le profond sous-sol oublié de l'E'telekeli, dont il ne sentait même pas les odeurs. Il chercha à retrouver les mille ans merveilleux en regardant C'mell, redevenue jeune, étendue sur le banc, mais les années-rêve commencèrent à s'estomper à l'instant même où il voulut les rappeler.

Il se leva en chancelant. On le conduisit à un fauteuil. L'E'telekeli était assis à côté de lui, à la même table. Il semblait las.

« Sieur et Propriétaire McBan, j'ai dirigé moi-même votre rêve partagé pour être bien sûr qu'il se déroulerait dans la bonne direction. J'espère que vous êtes satisfait. »

Rod hocha la tête, très lentement, et retendit la main vers la carafe, que quelqu'un avait remplie pendant qu'il dormait.

Pendant que vous dormiez, Sieur McBan », dit le grand homme-oiseau, « j'ai tenu une conférence télépathique avec le Seigneur Jestocost, qui a été votre ami, bien que vous ne le connaissiez pas. Avez-vous entendu parler des nouveaux vaisseaux planoformes automatiques ?

— Ils sont expérimentaux », dit Rod.

« Ils le sont », dit l'E'telekeli, « mais parfaitement sûrs. Et les meilleurs « automatiques » ne sont pas automatiques du tout. Ils ont des hommes-serpents pour pilotes. Mes pilotes. Ils sont supérieurs aux meilleurs pilotes de l'Instrumentalité.

— Evidemment », dit Rod, « puisqu'ils sont morts.

— Pas plus morts que moi », dit en riant le grand oiseau blanc des profondeurs. « Je les mets en transe cataleptique, avec l'aide de mon fils, le docteur E-ikasus, que vous avez d'abord connu sous la forme de singe-docteur A'gentur. Sur les vaisseaux, ils s'éveillent. L'un d'eux peut vous ramener en Norstralie en un long bond spatial. Et mon fils peut travailler sur vous ici même. Nous avons une bonne salle d'opérations dans l'une de ces pièces. Après tout, c'est lui qui vous a redonné votre forme sur Mars, sous la surveillance du Dr. Vomact. Il vous semblera que cela ne dure qu'une seule nuit, quoique plusieurs s'écouleront en temps objectif. Si vous me dites au revoir maintenant, et si vous êtes prêt à partir, vous vous réveillerez en orbite juste à l'extérieur du réseau subspatial norstralien. Je n'ai pas envie qu'aucun de mes sous-êtres se mette lui-même en pièces en rencontrant les horribles petits chatons de la mère Hitton, quels qu'ils soient. Vous savez ce qu'ils sont ?

— Non », dit vivement Rod, « et si je le savais, je ne pourrais pas vous le dire. C'est le secret de la Reine.

— La Reine ?

— Son Absente Majesté. C'est la même chose que le Commonwealth. Mais, Maître Oiseau, je ne peux pas partir maintenant. Il faut que je retourne à la surface de la Terre. Je veux dire au revoir au Maître-Chat. Et je ne quitterai pas cette planète en abandonnant Eleanor. Et je veux le timbre que le Maître-Chat m'a donné. Et mes livres. Et peut-être aussi que je devrais déclarer la mort de Tostig Amaral.

— Me faites-vous confiance, Sieur et Propriétaire McBan ? » Le géant blanc se leva ; ses yeux flamboyaient.

Spontanément, les sous-êtres psalmodièrent en chœur : « Mets ta confiance dans pouvoir joyeux, légal ; mets ta confiance en le pouvoir loyal et terrible de l'Oiseau des profondeurs !

— Je vous ai confié ma vie et ma fortune », dit Rod, un peu maussade, « mais vous ne me ferez pas abandonner Eleanor — quel que soit mon désir de rentrer chez moi. Et j'ai aussi dans ma patrie un vieil ennemi que je voudrais aider. Houghton Syme, l'Hon. Sec. Il y a peut-être quelque chose sur la Vieille Terre que je pourrais lui rapporter.

— Je crois que vous pouvez continuer à me faire confiance encore un peu », dit l'E'telekeli. « Cela résoudrait-il le problème de l'Hon. Sec. si vous lui donniez une vie-rêve avec quelqu'un qu'il aime, pour compenser la brièveté de sa vie réelle ?

— Je ne sais pas. Peut-être.

— Je peux », dit le Maître des sous-êtres, « faire exécuter une préparation. Il faudra la mélanger au plasma de son sang avant qu'il la prenne. Cela lui donnera environ trois cents ans de vie subjective. Nous n'avons jamais laissé cela sortir de notre ville souterraine avant, mais vous êtes l'Ami de la Terre, et vous pouvez l'avoir. »

Rod essaya de balbutier des remerciements, mais à la place, il bredouilla quelque chose au sujet d'Eleanor : il ne *pouvait* pas l'abandonner, un point c'est tout.

Le géant blanc prit Rod par le bras, et ils retournèrent au visiphone, toujours étrangement insolite dans cette salle oubliée si profondément enfouie sous la terre.

« Vous savez », dit le géant blanc, « que je n'essayerais pas de vous tromper par de faux messages ou rien de pareil ? »

Un seul regard jeté sur le visage fort, calme, détendu — un visage si résolu qu'il n'avait en vue aucune petite et mesquine résolution immédiate — convainquit Rod qu'il n'avait rien à craindre.

« Mettez donc le contact », dit l'E'telekeli. « Si Eleanor veut retourner chez vous, nous arrangerons son passage avec l'Instrumentalité. Quant à vous, mon fils E-ikasus, qui vous a ôté votre forme originelle, va vous la restituer. Cependant, un détail reste à régler : Voulez-vous retrouver votre visage originel, ou voulez-vous qu'il reflète la sagesse et l'expérience que je vous ai vu acquérir chez le Maître-Chat ?

— Je ne suis pas snob », dit Rod. « Mon visage originel fera l'affaire. Si je suis plus sage qu'avant, les gens s'en apercevront bien assez tôt !

— Parfait ! Il va donc se préparer. En attendant, branchez le visiphone. Il est déjà réglé pour rechercher votre servante-citoyenne. »

Rod mit le contact. Il y eut une étonnante succession de flashes et un éblouissement kaléidoscopique de scène avant que la machine se mette à parcourir à toute vitesse la plage de Meeya Meefla à la rechercher d'Eleanor. C'était vraiment un étrange écran : il n'y avait pas de visiphone à l'autre bout. Il voyait Eleanor, alter ego norstralien de Rod, mais elle ne se rendait pas compte qu'on la voyait.

L'objectif se braqua sur le visage d'Eleanor/Rod McBan. Elle/il parlait à une très jolie femme, dont l'apparence était un curieux mélange de traits norstraliens et terriens.

« Ruth Pas-d'Ici », murmura l'E'telekeli, « fille du Seigneur William Pas-d'Ici, un Seigneur de l'Instrumentalité. Il voulait que sa fille « vous » épouse, pour qu'ils puissent retourner en Norstralie. Regardez la fille. Elle est fâchée contre « vous » en ce moment. »

Ruth était assise sur la plage, se tordant les doigts de nervosité et d'inquiétude, mais ses doigts révélaient plus de colère que de désespoir. Elle parlait à Eleanor/Rod McBan.

« Mon père vient de me le dire ! » s'écriait Ruth. « Pourquoi, oh ! pourquoi avez-vous donné tout votre argent à une Fondation d'un genre ou d'un autre ? L'Instrumentalité vient de l'avertir. Je ne comprends pas. Maintenant, il n'y a plus aucune raison de célébrer l'un de ces bizarres mariages norstraliens...

— Ça me va », dit Eleanor/Rod McBan.

« Ça vous va, n'est-ce pas ? » glapit Ruth. « Après les outrages que vous m'avez fait subir ! »

Le faux Rod McBan se contenta de lui sourire d'un air amical et entendu. Le vrai Rod, qui observait la scène de dix kilomètres sous terre, se dit qu'Eleanor semblait avoir appris beaucoup de choses sur le comportement d'un jeune homme très riche sur la Terre.

Le visage de Ruth changea soudain. Elle passa de la colère au rire. Elle ne cacha plus quel avait été son embarras. « Je dois avouer », dit-elle honnêtement, « que je n'avais guère envie de retourner dans la vieille maison de famille en Norstralie. La vie simple et pastorale, un peu bébête sur les bords. Pas d'océans. Pas de villes. Juste des moutons géants et malades, et des mondes pleins d'argent sans rien pour le dépenser. J'aime la Terre, et je suppose que je suis décadente... »

Rod/Eleanor lui rendit son sourire. « Peut-être que je suis décadent, moi aussi. Je ne suis pas pauvre. Je vous aime bien, je ne peux pas m'en empêcher. Je ne veux pas épouser n'importe qui. Mais j'ai beaucoup de crédits ici, et ça me plaît d'être un jeune homme...

— Il me semble ! » dit Ruth. « Quelle drôle de remarque ! »

Le faux Rod McBan ne fit pas mine d'avoir

remarqué cette interruption. « Je viens pratiquement de décider de rester ici et de jouir de la vie. Tout le monde est riche en Norstralie, mais à quoi cela sert-il ? La vie était devenue passablement ennuyeuse pour moi, je vous assure, sinon je n'aurais pas pris le risque de venir ici. Oui, je crois bien que je vais rester. Je sais que Rod... » Elle/il retint son souffle. « Rod MacArthur, je veux dire, un parent à moi — Rod s'occupera de faire lever les taxes sur ma fortune personnelle, pour que je puisse rester ici. »

(« Et je le ferai », dit le vrai Rod McBan loin dans les profondeurs de la Terre.)

« Nous serons heureux de vous garder mon cher », dit Ruth Pas-d'Ici au faux Rod McBan.

Tout en bas, l'E'telekeli montra l'écran de la main. « Vous en avez vu assez ? » dit-il à Rod.

« Assez », dit Rod. « Mais assurez-vous qu'elle sait que tout va bien pour moi et que j'essaye de l'aider. Pouvez-vous entrer en contact avec le Seigneur Jestocost ou quelqu'un d'autre, et tout arranger pour qu'Eleanor puisse rester ici et conserver sa fortune ? Dites-lui de se servir du nom des propriétaires de la Station de la Fin du Monde. Je ne crois pas que les Terriens y verront une différence, mais elle, elle saura que c'est d'accord avec moi, et c'est le principal. Si la vie lui plaît vraiment dans une copie de mon corps, que le gros mouton s'assoie sur elle !

— Curieuse bénédiction », dit l'E'telekeli. « Mais nous pouvons tout arranger. »

Rod ne fit pas mine de partir. Il avait débranché l'écran, mais restait debout, immobile.

« Quelque chose d'autre ? » dit l'E'telekeli.

« C'mell », dit Rod.

« Tout va bien pour elle », dit le Seigneur du monde souterrain. « Elle n'attend rien de vous. C'est un bon sous-être.

— Moi, je veux faire quelque chose pour elle.

— Elle ne désire rien. Elle est heureuse. Ne vous mêlez pas de sa vie.

— Elle ne sera pas toujours libre-fille », insista Rod. « Vous vieillissez, vous les sous-êtres. Je ne sais pas comment vous pouvez vivre sans stroon.

— Moi non plus », dit l'E'telekeli. « Il se trouve que je jouis d'une longue vie. Mais vous avez raison à son sujet. Elle vieillira bientôt, d'après vos standards.

— J'aimerais lui acheter le restaurant, celui de l'homme-ours, et qu'il devienne une sorte de lieu de rencontre entre humains et sous-êtres. Elle pourrait lui donner une atmosphère intéressante et romantique et en faire une réussite.

— Bonne idée. Projet parfait pour votre Fondation », dit l'E'telekeli en souriant. « Ce sera fait.

— Et le Maître-Chat ? » demanda Rod. « Est-ce que je peux faire quelque chose pour lui ?

— Non, ne vous inquiétez pas pour C'william », dit l'E'telekeli. « Il est sous la protection de l'Instrumentalité et il connaît le Signe du Poisson. » Le grand sous-être fit une pause pour donner à Rod l'occasion de demander ce qu'était ce signe, mais Rod ne le remarqua pas, aussi l'homme-oiseau continua-t-il : « C'william a déjà été récompensé par l'amélioration qu'il a apportée à votre vie. Maintenant, si vous êtes prêt, nous allons vous endormir, mon fils E-ikasus vous débarrassera de votre corps d'homme-chat, et vous vous réveillerez en orbite autour de votre planète.

— C'mell ? Pouvez-vous la réveiller, pour que je puisse lui dire au revoir après ces mille années ? »

Le Seigneur du monde souterrain le prit doucement par le bras et lui fit traverser l'immense salle, parlant tout en marchant. « Si vous étiez à sa place, désireriez-vous un au revoir après ces mille ans passés avec vous, et dont elle garde le souvenir ? Laissez-la. C'est plus charitable. Vous êtes un humain. Vous pouvez vous permettre d'être riche et bon à la fois. C'est l'une des meilleures qualités que vous ayez, vous autres humains. »

Rod s'arrêta. « Est-ce que vous avez un appareil enregistreur ? Elle m'a accueilli sur la Terre avec une merveilleuse ballade *Grands oiseaux piaillant,* et je veux lui laisser l'un de nos chants norstraliens.

— Chantez ce que vous voulez, et le chœur de mes fidèles s'en souviendra aussi longtemps qu'ils vivront. Les autres aimeront aussi ce chant. »

Rod regarda les sous-êtres qui les avaient suivis. Pendant un instant, il fut embarrassé de chanter devant eux tous, mais, quand il vit leurs sourires chaleureux et adorateurs, il se sentit à son aise. « Alors, retenez bien ça, et n'oubliez pas de le chanter à C'mell de ma part quand elle se réveillera. » Il haussa un peu la voix et chanta :

Cours, rejoins le bélier, dansant, sautant,
Ecoute la brebis geignant, bêlant,
Vole, rejoins l'agneau courant, jouant,
Surveille le stroon croissant, coulant,
Vois comme l'homme, moissonnant, amassant,
Construit son monde.

Regarde les collines montant, verdoyant,
Prends ton repos dans l'air brûlant, calcinant,
Va vers les nuages filant, volant,
Veille auprès des biens abondants, scintillants,
Affirme bien haut, hurlant, chantant,
De Norstralie la puissance et l'orgueil.

Le chœur lui rechanta sa chanson avec une chaleur, une richesse qu'il n'avait jamais connues à cette petite chanson.

« Et maintenant », dit l'E'telekeli, « la bénédiction du Premier Oublié soit sur vous. » Le géant se pencha un peu et baisa Rod au front. Rod trouva que c'était étrange et voulut parler, mais les yeux le regardaient.

Des yeux — comme des feux jumeaux.

Du feu — comme l'amitié, comme la chaleur, comme une bienvenue et un adieu.

Des yeux — qui devenaient un feu unique.

Il ne se réveilla qu'en orbite autour de la Vieille Australie du Nord.

La descente fut facile. Le vaisseau avait un hublot. Le pilote-serpent parla très peu. Il déposa Rod à la Station de la Fin du Monde, à quelques centaines de mètres de sa porte. Il déposa aussi deux lourds paquets. Un vaisseau-patrouilleur norstralien planait au-dessus d'eux, et l'air bourdonna de danger pendant que des policiers flottaient jusqu'au sol pour s'assurer que personne, à part Rod McBan, n'était descendu. Le vaisseau terrien vrombit et disparut.

« Je vais vous donner un coup de main, Sieur et Propriétaire », dit un policier. Il saisit Rod dans l'une des serres mécaniques de son ornithoptère, prit les deux paquets dans l'autre, et enleva sa machine d'un seul battement de ses ailes géantes. Ils arrivèrent au-dessus de la ferme, les ailes se relevèrent, on déposa Rod et ses paquets sur le sol et la machine s'éloigna en silence.

Il n'y avait personne. Il savait que tante Doris arriverait bientôt. Et Lavinia. Lavinia ! Ici, maintenant, sur ce pauvre sol desséché, il comprit à quel point Lavinia était faite pour lui. Maintenant, il pouvait koser, il pouvait inteindre !

C'était étrange. — Hier — était-ce bien hier (en tout cas, il avait l'impression que c'était hier) — il se sentait très jeune. Et maintenant, après sa visite au Maître-Chat, il se sentait adulte, comme s'il avait découvert tous ses problèmes intérieurs et les avait laissés derrière lui sur la Vieille Terre. Il semblait savoir, au plus profond de son esprit, que C'mell n'avait jamais été plus de neuf dixièmes à lui, et que le dernier dixième — le dixième le plus beau, le plus précieux, le plus secret de sa vie, avait été donné à jamais à un homme ou à un sous-être qu'il ne connaîtrait jamais. Il sentait que C'mell ne donnerait plus son cœur à personne. Et il gardait pour elle une tendresse toute particulière, qu'il ne retrouverait pas. Ce n'était pas le mariage qu'ils avaient vécu, mais la romance toute pure.

Mais ici, ici l'attendaient le foyer et l'amour.

Lavinia en faisait partie ; chère Lavinia, avec son père fou et sa tendresse pour Rod qui n'avait pas permis à beaucoup d'autre tendresse d'entrer dans sa vie.

Soudain, les paroles d'un vieux poème se réveillèrent dans son esprit :

Jamais. Plus jamais. A jamais.
Trois mondes. Le levier
De la vie sur le temps.
Jamais. Plus jamais. A jamais.

Il kosa. Il kosa, très fort. « Lavinia ! »

D'au-delà des hauteurs, son cri lui revint, directement dans sa tête : « Rod, Rod ! Oh, Rod ! Rod ! »

Il sentait son esprit se rapprocher, bien qu'elle dût être au-delà des proches collines. Quand ils se touchèrent, il sut qu'il était chez lui, et elle aussi. Pas pour eux, les beautés flamboyantes de C'mell, les merveilles humides et les gens de la Terre ! Il savait sans le moindre doute que Lavinia aimerait et reconnaîtrait le nouveau Rod comme elle avait aimé l'ancien.

Il attendit tranquillement, puis il éclata de rire sous le ciel proche, amical et gris de Norstralie. Un instant, il avait ressenti le désir enfantin de courir à travers les collines pour embrasser son ordinateur.

Mais il attendit Lavinia.

NEUVIÈME PARTIE

CONSEILLERS, CONSEILS, CONSOLES ET CONSULS

DIX ANS PLUS TARD. CONVERSATION DE DEUX TERRIENS

« VOUS ne croyez pas tout ce bla-bla, non ?

— Qu'est-ce que c'est que du bla-bla ?

— N'est-ce pas un mot magnifique ? C'est archaïque. Il veut dire rebuts, sottises, foutaises, paroles en l'air, hallucinations, vain bavardage — en d'autres termes, exactement ce que vous dites depuis un moment.

— Vous voulez parler de ce garçon qui avait acheté la Terre ?

— Evidemment. Il n'aurait jamais pu, même avec tout l'argent norstralien. Il y a trop de régulations. Ce n'était qu'un ajustement économique.

— Qu'est-ce qu'un ajustement économique ?

— C'est un autre mot archaïque que j'ai découvert. Presque aussi joli que bla-bla. Et ça veut dire quelque chose, aussi. Cela veut dire que les maîtres réarrangent quelques petites choses en changeant le volume ou la circulation ou le titre des biens. L'Instrumentalité voulait secouer le Gouvernement de la Terre et obtenir quelques crédits pour s'amuser. Alors, ils ont inventé un personnage imaginaire baptisé Rod McBan. Ils lui ont fait acheter la Terre. Puis il est parti. Ça n'a pas de sens. Aucun garçon normal n'aurait fait une chose pareille. On dit qu'il avait un million de femmes. Qu'est-ce que vous pensez que ferait un garçon normal si on lui donnait un million de femmes ?

— Vous ne prouvez rien. Et, d'ailleurs, j'ai vu Rod McBan de mes propres yeux, il y a deux ans.

— C'était l'autre, pas celui qui est censé avoir acheté la Terre. C'est juste un riche immigrant qui habite près de Meeya Meefla. Je pourrais aussi vous apprendre certaines choses sur celui-là.

— Mais pourquoi quelqu'un ne pourrait-il pas acheter la Terre s'il domine le marché du stroon norstralien ?

— Mais d'abord, qui a jamais dominé ce marché ? Je vous le dis, Rod McBan n'est qu'une invention. Vous avez déjà vu un cube-images de lui ?

— Non.

— Vous avez déjà rencontré quelqu'un qui le connaissait ?

— J'ai entendu dire que le Seigneur Jestocost était mêlé à cette histoire, et aussi cette libre-fille si chère (comment s'appelle-t-elle — vous savez bien, la rousse) Ah ! C'mell !

— Ça, c'est ce que vous avez entendu dire. Bla-bla, pur bla-bla authentique. Ce garçon n'a jamais existé. Tout ça, c'est de la propagande.

— Vous êtes toujours comme ça. A grommeler, douter. Je suis content de ne pas être comme vous.

— Mon vieux, c'est réciproque. Plutôt mort que jobard, c'est ma devise. »

SUR UN VAISSEAU PLANOFORME PARTI DE LA TERRE, DIX ANS PLUS TARD ÉGALEMENT

Le Stop-Capitaine à une passagère :

« Je suis content de voir, madame, que vous n'avez acheté aucun de ces vêtements à la mode de la Terre. Revenue chez vous, le vent vous les arracherait en moins d'une minute.

— Je suis vieux jeu », dit-elle en souriant. Puis une pensée lui traversa l'esprit, et elle demanda :

« Les transports spatiaux sont votre domaine, Maître et Stop-Capitaine. Avez-vous jamais entendu l'histoire de Rod McBan ? C'est passionnant.

— Vous voulez parler du garçon qui avait acheté la Terre ?

— Oui », dit-elle en un souffle. « C'est vrai ?

— Absolument vrai », dit-il, « à part un petit détail. Ce « Rod McBan » ne s'appelait pas ainsi. Il n'était pas Norstralien. C'était un hominidé d'un autre monde, et il achetait la Terre avec de l'argent pirate. On voulait lui enlever ses crédits, mais c'était peut-être Puant Humide d'Amazonas Triste, ou un petit homme de la taille d'une coquille de noix de la Planète Compacte. C'est pourquoi il a acheté la Terre et en est reparti aussi soudainement. Voyez-vous, Dame et Maîtresse, les Norstraliens ne pensent jamais à rien, sauf à leur argent. Ils ont même encore une ancienne forme de gouvernement sur cette planète, et ils ne laisseraient jamais l'un des leurs acheter la Terre. En fait, ils s'assiéraient en rond autour de lui, et ils le convaincraient de mettre son argent à la Caisse d'épargne. Ils aiment la vie de tribu. C'est pourquoi je pense que ce n'était sûrement pas un Norstralien. »

La femme écarquilla les yeux. « Vous me gâchez une merveilleuse histoire, Sieur et Stop-Capitaine.

— Ne m'appelez pas « Sieur », madame. C'est un titre norstralien. Je ne suis que « maître ».

Tous deux se mirent à considérer rêveusement la petite chute d'eau sur le mur.

Avant que le Stop-Capitaine retourne à son travail, il ajouta. « Pour moi, ce devait être un petit homme minuscule de la Planète Compacte. Seul un fou de cette espèce irait acheter les droits de dot d'un million de femmes. Nous sommes tous deux adultes, madame. Je vous le demande, qu'est-ce qu'un minuscule Tom Pouce de la Planète Compacte irait faire d'une seule femme de la Terre, sans parler d'un million ? »

Elle pouffa en rougissant, comme le Stop-Capitaine s'éloignait d'une démarche triomphale, ayant virilement remporté le dernier mot.

E'LAMELANIE, DEUX ANS APRÈS QUE ROD EUT QUITTÉ LA TERRE

« Père, donnez-moi espoir. »

L'E'telekeli fut tendre. « Je peux te donner presque toute chose de ce monde, mais tu me demandes le mot du Signe du Poisson, qu'aucun de nous ne contrôle. Il vaudrait mieux que tu retournes à la vie quotidienne de notre caverne, et que tu ne passes pas tant de temps à tes exercices de dévotion s'ils te rendent malheureuse. »

Elle le regarda fixement. « Ce n'est pas ça. Pas ça du tout. C'est juste que je sais que le robot, le rat et le Copt sont tous d'accord pour dire que l'Annoncé viendrait ici, sur la Terre. Une nuance de désespoir se fit jour dans sa voix. « *Père, est-il possible que cela ait été Rod McBan ?*

— Que veux-tu dire ?

— Rod McBan pouvait-il être l'Annoncé, sans que je le sache ? Aurait-il pu venir et repartir, juste pour mettre ma foi à l'épreuve ? »

L'oiseau-géant riait rarement ; et il n'avait encore jamais rit de sa fille. Mais cela était trop absurde : il se mit à rire d'elle, une partie sage de son esprit lui disant que ce rire, cruel sur le moment, serait bon pour elle plus tard.

« Rod ? Le porteur de la vérité ? Oh, non ! Ho... ho... ho ! Rod McBan est l'un des êtres les plus gentils que je connaisse. Un très bon jeune homme, presque aussi bon qu'un oiseau. Mais pas un messager de l'éternel. »

Sa fille s'inclina et s'éloigna.

Elle avait déjà composé toute une tragédie sur elle-même, l'égarée, qui avait rencontré « le prince du verbe » que les mondes attendaient, et qui ne l'avaient pas reconnu parce que sa foi n'était pas assez grande. La tension de l'attente d'un événement qui pouvait survenir dans l'instant aussi bien que dans un million d'années était trop forte. C'était plus facile d'accepter l'échec et ses propres reproches que d'endurer le tourment infini d'un espoir intemporel.

Elle avait un recoin à elle dans le mur, où elle passait une grande partie de ses heures d'attente. Elle en sortit un petit instrument à cordes que son père lui avait fait. Il émettait des sons antiques et plaintifs, et elle chanta sa chanson en s'en accompagnant. Le chant d'E'lamelanie, qui essayait de renoncer à attendre Rod McBan.

Elle regarda dans la salle.

Une petite fille, complètement nue à part sa culotte, la fixait. E'lamelanie rendit son regard à l'enfant. Elle n'avait aucune expression ; elle la regardait, c'était tout. Elle se demanda si c'était l'une des enfants-tortues que son père avait sauvées quelques années plus tôt.

Elle détourna les yeux de l'enfant et se mit à chanter sa chanson :

Une fois encore, par-delà les années,
J'ai pleuré pour toi
Mes larmes coulaient sans pouvoir s'arrêter
Je pensais à toi.
Le foyer de mes ans passés, je l'ai
Gardé pour toi.
Un temps différent, un temps modulé
M'attend maintenant.
Mais il est des instants où le passé
Questionne comment et pourquoi.
L'avenir trop vite a marché
Attends, attends…
Mais non, c'est tout. Par-delà les années,
J'ai pleuré pour toi.

Quand elle termina, l'enfant-tortue la regardait toujours. Presque avec colère, E'lamelanie posa son violon.

CE QUE PENSAIT L'ENFANT-TORTUE AU MÊME INSTANT

Je sais beaucoup de choses, même si je n'ai pas envie d'en parler, et je sais que l'humain le plus merveilleux de toutes les planètes est descendu ici dans cette salle et qu'il a parlé à ces gens parce que c'est lui que chante toujours la grande fille folle parce qu'elle ne l'a pas, mais je me demande bien pourquoi elle l'aurait, et d'abord c'est moi qui l'aurai, parce que je suis une enfant-tortue, et que je serai là à l'attendre quand tous ces gens seront morts et en train de se dissoudre dans les cuves de dissolution, et un jour il reviendra sur la Terre, et je serai grande, et je serai une femme-tortue, plus belle que toutes les humaines qui ont jamais vécu, et il se mariera avec moi et m'emmènera sur sa planète, et je serai toujours heureuse avec lui, parce que je ne passerai pas tout mon temps à discuter, comme les femmes-oiseaux, ou les femmes-chats, ou les femmes-chiens ; alors, quand Rod McBan sera mon mari et que j'irai vite prendre son dîner au mur pour le lui servir, s'il essaye de discuter avec moi, je serai timide et douce et je ne dirai rien, rien du tout, pendant cent ans, et pendant deux cents ans, et personne ne peut se mettre en colère contre une femme-tortue très belle qui ne se dispute jamais... »

LE CONSEIL DE LA GUILDE DES VOLEURS DE VIOLA SIDEREA

Le héraut lança : « Son Audace le Chef des Voleurs a le plaisir de venir faire son rapport devant le Conseil des Voleurs ! »

Un vieillard se leva, très cérémonieux : « Vous nous apportez la richesse, Maître et Chef, et, nous l'espérons, dérobée aux naïfs, aux faibles, aux désespérés de l'humanité ? »

Le Chef des Voleurs proclama : « Il s'agit ici de Rod McBan. »

Mouvement visible dans le Conseil.

Le Chef des Voleurs continua, toujours aussi solennel : « Nous ne l'avons jamais intercepté dans l'espace, quoique nous ayons contrôlé tous les vaisseaux sortis de l'espace poisseux qui entoure la Norstralie. Naturellement, nous n'avons jamais fait descendre personne pour rencontrer les épouvantables chatons de la mère Hitton — que l'humidité les emporte ! quoi qu'ils soient, ces fameux chatons. Il y a eu un cercueil contenant une femme, et une boîte contenant une tête. Passons. Il nous a échappé. Mais quand il est arrivé sur la Terre, nous avons attrapé quatre Rod McBan.

— Quatre ? » s'exclama un vieux conseiller, stupéfait.

« Oui », dit le Chef des Voleurs. « Quatre. Il y en avait aussi un d'humain, mais nous avons pu déterminer que celui-là était un faux. C'était, à l'origine, une femme, qui s'amusait comme une folle après être devenue un riche jeune homme. Ainsi, nous avons attrapé nos quatre Rod McBan. Et tous les quatre étaient des robots terriens, très bien imités.

— Vous les avez volés ? » demanda un Conseiller.

« Evidemment », dit le Chef des Voleurs, avec un sourire de loup. « Et le Gouvernement de la Terre n'y a pas fait d'objection. Le Gouvernement de la

Terre nous a simplement envoyé la facture des robots quand nous avons essayé de partir — quelque chose comme un quart de mégacrédit « pour utilisation de robots construits sur mesure ».

— Ça alors, voilà un coup salement honnête ! » s'écria le Président de la Guilde des Voleurs. « Qu'avez-vous fait ? » Il écarquilla les yeux et baissa la voix. « Vous ne vous êtes pas reconverti à l'honnêteté en faisant mettre la facture sur notre compte, au moins ? Nous avons déjà des dettes envers ces honnêtes salauds ! »

Le Chef des Voleurs s'agita nerveusement. « Rien d'aussi affreux, Tortueuses Excellences ! J'ai un peu triché avec la Terre, mais, à la façon dont je m'y suis pris, j'ai bien peur d'avoir frisé l'honnêteté.

— Qu'avez-vous fait ? Vite, mon ami !

— Puisque je n'ai pas trouvé le vrai Rod McBan, j'ai démonté les robots et je leur ai enseigné à voler. Ils ont volé assez d'argent pour payer toutes les amendes et rembourser les dépenses du voyage.

— Et il reste un bénéfice ? » s'écria un Conseiller.

« Quatre mini-crédits », dit le Chef des Voleurs. « Mais vous ne savez pas encore le pire. Vous connaissez le sort que réserve la Terre aux vrais voleurs ? »

Un frisson parcourut l'assemblée. Ils connaissaient tout ce qu'on peut savoir sur les reconditionneurs de la Terre, qui transformaient d'audacieux voleurs en timides et honnêtes citoyens.

« Mais voyez-vous, Maîtres honorés », continua le Chef des Voleurs sur un ton d'excuse, « les autorités de la Terre nous ont aussi eus sur ce point. Les robots-voleurs leur ont plu. Ils font de merveilleux pickpockets et ils obligent les gens à rester sur le qui-vive. De plus, les robots leur ont tout rendu. C'est pourquoi », continua le Chef des Voleurs, « nous avons un contrat pour transformer en voleurs deux mille robots humanoïdes. Juste pour rendre la vie sur Terre plus excitante. Les robots sont déjà en orbite, en ce moment.

— Vous voulez dire », glapit le Président, « que

vous avez signé un contrat *honnête* ? Vous ? Le Chef des Voleurs ? »

Le Chef rougit et s'étrangla. « Que pouvais-je faire ? De plus, ils me tenaient. Mais j'ai obtenu des termes favorables : Deux cent vingt crédits pour transformer chaque robot en maître-voleur. Nous pouvons vivre de ça pendant un moment. »

Un silence de mort s'abattit sur la pièce, et dura longtemps.

Enfin, l'un des plus anciens voleurs du Conseil se mit à sangloter : « Je suis trop vieux ! Je ne peux pas supporter ça ! Quelle horreur ! Nous ! *Nous ! Faire un travail honnête !*

— Au moins, nous apprenons aux robots à voler », dit le Chef des Voleurs, très raide.

Personne ne commenta cette remarque.

Même le héraut dut aller à l'écart se moucher.

À MEEYA MEEFLA, VINGT ANS APRÈS LE RETOUR DE ROD DANS SA PATRIE

Roderick Henry McBan, autrefois Eleanor, n'avait qu'imperceptiblement vieilli au cours des années. Il avait renvoyé sa favorite, une petite danseuse, et se demandait pourquoi l'Instrumentalité, pas même le Gouvernement de la Terre, lui avait adressé l'avertissement officiel de « rester paisiblement dans la résidence de la personne sus-mentionnée, pour y attendre un envoyé accrédité de l'Instrumentalité et obéir aux ordres subséquemment émis par ledit envoyé. »

Roderick Henry McBan se souvenait avec un mépris non dissimulé de ses longues années de vertu, d'indépendance et de travail en Norstralie. Ça lui plaisait tellement plus d'être un jeune et riche oisif sur la Terre qu'une respectable vieille fille sous les cieux gris de Norstralie ! Quand il rêvait, il redevenait parfois Eleanor, et parfois il avait de longues périodes morbides au cours desquelles il n'était ni Eleanor, ni Rod, mais un être sans nom, rejeté du monde ou du temps par des enchantements immuables. Au cours de ces sombres périodes, qui étaient rares mais très intenses, et qu'il guérissait généralement en s'enivrant et en restant ivre quelques jours, il se surprenait à se demander qui il était. Qui pouvait-il être ? Eleanor, l'honnête servante de la Station de la Fin du Monde ? Etait-il un cousin adoptif de Rod McBan, l'homme qui avait acheté la Vieille Terre elle-même ? Qui était son moi — ce Roderick Henry McBan ? Il radota tellement sur ce sujet en présence de l'une de ses maîtresses, une chanteuse de calypso, qu'elle mit ses paroles — en les arrangeant un peu — sur un air ancien et le lui chanta :

Etre moi, est-ce un bien, est-ce un mal ?
Continuer, laissant tous les autres derrière,
Jusqu'à la porte et franchir la barrière
Entre cela et le néant fatal.

Au-dehors il fait froid et je suis sur la route,
Toujours moi, solitaire, fidèle et toujours bon.
Le silence ne laisse aucune place au doute,
Eclat étincelant intouché par le son.

Etre moi, c'est étrange et c'est vrai.
Mentir ? Etre eux, pour qu'on me laisse en paix ?
Comment dire ou savoir quand cela finira ?
M'arrêterai-je quand ma douleur cessera ?

Si le mur n'est pas verre, n'est pas là
S'il est réel et que l'air le compose,
Suis-je perdu si je reste où repose ?
Où suis-je moi ? Je suis, oui. Suis-je pas ?

Etre moi, est-ce un bien, est-ce un fait ?
Puis-je compter sur mon cerveau et sur mon œil ?
Serai-je vous, ou elle, ou bien quelque autre en deuil ?
Sont-elles vraies toutes les choses que je sais ?

Vous êtes fou, à l'intérieur. Mais au-dehors
Je suis sensé et seul comme la tombe.
Et si j'échoue, perdrai-je tout ce qui m'incombe?
Suis-je moi, si je réponds à votre cri, encor?

Je suis parti pour un ailleurs du temps.
Sans rimes, sans pensée, sans vie.
Et si je choisis d'être vous, c'est fini?
Ne serai-je plus moi pour toujours, pour longtemps?

Rod/Eleanor avait des moments de désespoir, et se demandait parfois si les autorités de la Terre ou de l'Instrumentalité lui interdiraient le reconditionnement.

L'avertissement de ce jour était cérémonieux, féroce, serein en son implacable assurance.

Contre tout bon sens, Roderick Henry McBan se versa un verre bien tassé et attendit l'inévitable.

La destinée parut sous la forme de trois hommes, tous trois étrangers, mais dont l'un portait l'uniforme d'un consul norstralien. Quand ils furent tout près, elle reconnut en ce consul le Seigneur William Pas-d'Ici, avec la fille avec laquelle elle s'était divertie sur les sables de cette même plage, bien des années plus tôt.

Les salutations furent d'une longueur désespérante, mais Rod/Eleanor avait appris, aussi bien en Vieille Australie du Nord qu'ici, sur le Berceau de l'Humanité même, à ne jamais compter sur les cérémonies pour se sortir des situations pénibles ou difficiles. Ce fut le Seigneur William Pas-d'Ici qui parla :

« Au Seigneur Roderick Eleanor.

» Le plenum de l'Instrumentalité, légalement et officiellement assemblé, vous informe...

» que vous, Seigneur Roderick Eleanor, serez à l'avenir connu pour et serez en fait l'un des Chefs de l'Instrumentalité jusqu'au jour de votre mort...

» que vous vous êtes acquis cette distinction par vos capacités de survie, et que les vies étranges et difficiles que vous avez vécues, sans jamais entretenir aucune pensée de suicide, vous ont gagné cette place terrible et austère dans nos rangs...

» qu'en étant et devenant le Seigneur Roderick Eleanor, vous serez homme ou femme, jeune ou vieux, suivant ce qu'en ordonnera l'Instrumentalité...

» que vous prendrez le pouvoir pour servir, que vous servirez pour exercer le pouvoir, que vous viendrez parmi nous, que vous ne regarderez pas en arrière, que vous vous souviendrez d'oublier, que vous oublierez les anciens souvenirs, et qu'à l'intérieur de l'Instrumentalité vous ne serez pas une personne mais seulement une partie d'une personne...

» que vous serez bienvenu au sein de la plus ancienne servante de l'humanité, l'Instrumentalité elle-même. »

Roderick Eleanor ne trouva rien à répondre.

Les Seigneurs de l'Instrumentalité nouvellement élus trouvaient rarement quelque chose à répondre. C'était la coutume de l'Instrumentalité que de prendre les nouveaux élus par surprise, après un examen minutieux de leur dossier, pour évaluer leur intelligence, leur volonté, leur vitalité, et encore et toujours leur vitalité.

Le Seigneur William souriait en lui tendant la main et en lui disant en honnête norstralien : « Bienvenue parmi nous, cousin venu des riches nuages gris. Peu des nôtres se sont vu ainsi honorés. Permettez-moi de vous féliciter. »

Roderick Eleanor lui serra la main. Il n'y avait toujours rien à répondre.

LE PALAIS DU GOUVERNEUR DE LA NUIT, VINGT ANS APRÈS LE RETOUR DE ROD

« Il y a des heures que j'ai débranché la voix humaine, Lavinia. Débranché. Les prédictions sont toujours plus exactes avec les nombres. Mais il ne peut rien nous dire sur nos garçons. J'ai tripoté cent fois la console. Viens, ma chérie. Ça ne sert à rien de prédire l'avenir. L'avenir est déjà là. Le temps que nous retournions là-bas et que nous descendions la colline pour aller à leur rencontre, nos fils seront sortis de la roulotte, quelle que soit la décision. » Il parlait avec sa voix, petit signe de tendresse entre eux deux.

Lavinia demanda nerveusement : « On ne pourrait pas y aller en ornithoptère ?

— Non, mon petit », dit Rod avec tendresse. « Que penseraient nos parents et voisins à nous voir ainsi arriver par la voie des airs, affolés comme des faiblards d'outre-planète qui n'arrivent pas à garder la tête froide dès que ça chauffe un peu ? Après tout, notre grande fille Casheba s'en est bien tirée, il y a deux ans, et elle n'avait pourtant pas une très bonne vue.

— Oh ! celle-là, elle s'y connaît en bombes télépathiques ! » dit Lavinia avec chaleur. « Elle pourrait combattre un vaisseau pirate encore mieux que toi avant que tu koses. »

Ils montèrent lentement la colline.

Quand ils arrivèrent au sommet, ils entendirent la sinistre mélodie :

Au Jardin de la mort, nos jeunes
Ont goûté le goût viril de la peur.
Bras puissants et langue infatigable,
Ils ont gagné, perdu, et nous ont échappé.

Sous une forme ou une autre, tous les Norstraliens la connaissaient. Tous les vieillards la fredonnaient quand lès jeunes devaient se présenter à la roulotte pour être sélectionnés pour la vie ou la mort.

Ils virent les juges sortir de la caravane. L'Hon. Sec, Houghton Syme était là, le visage impassible, toute amertume effacée par les vies-rêves que le remède de Rod, rapporté des entrailles secrètes de la Terre, lui avaient procurées. Le Seigneur Redlady était là, de même que le docteur Wentworth.

Lavinia se mit à descendre la pente en courant pour rejoindre les autres, mais Rod la saisit par le bras et lui dit avec une tendresse bourrue : « Du calme, mon petit. Les McBan ne courent jamais — ni de peur ni d'impatience ! »

Elle avala sa salive avec effort, mais se mit au pas de Rod.

Les gens levèrent les yeux et les regardèrent approcher.

Impossible de rien deviner à leur expression.

C'est le Seigneur Redlady, inconventionnel jusqu'au bout, qui leur annonça la nouvelle.

Il leva un doigt.

Un seulement.

Immédiatement après, Rod et Lavinia virent leurs jumeaux. Ted, le blond, assis sur une chaise, et à qui le vieux Bill essayait de faire avaler un verre. Ted ne voulait pas boire. Il regardait devant lui dans le vague, comme n'arrivant pas à croire ce qu'il voyait. Rich, le brun, était debout, tout seul.

Tout seul, et riant à se tordre.

A se tordre.

Rod McBan et sa femme rentrèrent chez eux pour se montrer civils envers leurs voisins. Ainsi l'exigeait une coutume inexorable. Lavinia serra sa main un peu plus fort ; il lui tint le bras un peu plus fermement

Ces politesses rituelles prirent du temps. Puis Rod força Ted à se mettre debout. « Hello ! mon vieux ! Tu t'en es sorti ! Tu sais qui tu es ? »

Machinalement, le jeune homme répondit : « Roderick Frédérick Ronald Arnold William

MacArthur, cent cinquante-deuxième du nom, Seigneur et Pèrc ! »

Puis il craqua, juste un instant. Du doigt, il montra Rich, qui continuait à se tordre de rire, tout seul à l'écart, puis il s'effondra sur la poitrine de son père : « Oh, papa ! Pourquoi moi ? Pourquoi *moi* ? »

PETIT LEXIQUE DE L'INSTRUMENTALITÉ

On trouvera ci-après un choix de noms propres et de mots inventés par Cordwainer Smith, ou employés par lui dans un sens particulier. Rien ne remplacera jamais le carnet de notes de l'auteur, perdu par celui-ci en 1965 ; mais l'on s'est efforcé de faire ressortir la cohérence de son dessein en privilégiant les termes les plus fréquents et ceux qui réapparaissent dans plusieurs histoires. Le lecteur curieux pourra se reporter à un travail beaucoup plus détaillé (mais encore incomplet) d'Anthony R. Lewis : *Concordance to Cordwainer Smith* (New England Science Fiction Association, Cambridge, Mass., 1984). Cet ouvrage est particulièrement fertile en hypothèses stimulantes (et parfois aventureuses) sur les étymologies — un domaine où nous avons dû nous limiter au strict minimum.

ABRÉVIATIONS UTILISÉES

AR Boulevard Alpha-Ralpha (tome III).
BC La Ballade de C'mell (tome III).
BI Le Bateau Ivre (tome III).
CB Le Cerveau Brûlé (tome II).
CG Le Crime et la Gloire du Commandant Suzdal (tome II).
CR Le Colonel Revint du Grand Néant (tome II).
DD La Dame Défunte de la Ville des Gueux (tome II).
DE La Dame aux Etoiles (tome II).
ET Une Etoile pour Trois (tome VI).
GQ La Guerre N° 81-Q (tome I).
HT L'Homme qui acheta la Terre (tome IV).
JP Le Jour de la Pluie Humaine (tome II).
LA Lui-même en Anachron (tome III).
MH La Mère Hitton et ses Chatons (tome III).
MO Marc Onze (tome I).
MS Jusqu'à une mer sans soleil (tome III).
NN Non, non, pas Rogov ! (tome I)
NY Nancy (tome I).
PB Pensez bleu, comptez deux (tome II).
PG La Planète de Gustible (tome II).
PS La Planète Shayol (tome III).
PT Sur la Planète des Tempêtes (tome VI).
RA La Reine de l'Après-Midi (tome I).
RB La Rivière de brillantes étoiles (tome II).
RD Le Jeu du Rat et du Dragon (tome II).
SG Sur la Planète aux Gemmes (tome VI).

SP Le Sous-Peuple (tome V).
SS Sur la Planète des Sables (tome VI).
ST Sous la Vieille Terre (tome III).
SV Les Sondeurs vivent en vain (tome I).
TS La Saga de la troisième sœur (tome I).
VO Le Vaisseau d'Or (tome II).

A

ABBA-DINGO : machine à prédire l'avenir située sur le boulevard Alpha Ralpha. Connaissait le destin de Paul et Virginie douze ans avant leur naissance, ce qui en dit long sur les limites de la Redécouverte de l'Homme. (AR)

ACCORD FONDAMENTAL : passé entre l'Instrumentalité et l'Empire et fondant pour mille ans le pouvoir de celui-ci. (PS)

A'GENTUR : nom pris par E-ikasus quand on le transforma en singe. Fils de l'E-telekeli. Participe à la Réduction de Rod McBan. (HT)

AGES SOMBRES ou AGES OBSCURS : ère ayant précédé l'Instrumentalité. (SG)

AIDE AUX VOYAGEURS : machine ayant reçu l'empreinte d'une personnalité et destinée à diriger les gens égarés dans une cité. (DD)

AITCH EYE : prononciation anglaise des initiales H. I. de Holy Insurgency : la Sainte Rébellion. (SP)

ALAN : voir MAAC.

ALERTE GALACTIQUE-APPEL A TOUS LES VAISSEAUX : à ne déclencher que contre des ennemis. Pourtant, B'dikkat la déclenche quand l'Empire envoie quatre enfants sur Shayol. (PS)

ALMA : voir FINSTERNIS.

ALPHA RALPHA (BOULEVARD) : voie processionnelle suspendue dans le ciel sans aucun pylône et menant à Terraport. Comporte des trottoirs roulants express. Fermé depuis une centaine de siècles ; effondré en un endroit. (AR)

AME (L') : nom du vaisseau que pilote Hélène Amérique vers Nouvelle-Terre. (DE)

AMERIQUE, HELENE : suivit M. Plusgris sur un voilier spatial (PB) et arriva sur Nouvelle-Terre où elle l'épousa. (DE)

ANACHRON (grec ana : « en remontant » + chronos : « temps ») : région située hors du temps réel, entre les Probabilités. Tasco y flotte en sortant de son vaisseau temporel. (LA)

ANCIEN : homme de l'Ancien Passé. (RA)

ANCIEN ANGLAIS ou ANCIEN INGLAIS : langue apparentée au vieil australien du nord. (BC). A évolué pour donner l'anglic. (CR)

ANCIENNE LOI : permettait à de nombreux Télépathes Secondaires de ne pas subir le traitement exigé par leur état. (CR)

ANCIEN PASSE : époque des Anciennes Guerres. (RA)

ANCIENNES GUERRES : ont causé jadis l'empoisonnement de la Terre. (RA, TS)

ANCIENNES RUINES : situées à environ 150 kilomètres à l'est de Central Park de New York, probablement sur la rive orientale de Long Island. (CR)

AN-FANG (all. Anfang : « commencement ») : Lieu proche de la cité de Meeya Meefla. Abrite le Programmateur de la Population. (DD)

ANNONCÉ ou PROMIS : celui dont le robot, le rat et le Copt attendaient la venue. Certains pensaient qu'il s'agissait de Rod McBan. (SP)

APICIENS (d'Apicius, gastronome latin) : habitants de la Planète de Gustible, petits, semblables à des canards, malhonnêtes et gourmands. Ont le pouvoir de paralyser les humains. (PG)

ARACHOSIA : planète peuplée par des vaisseaux-coquilles environ 4000 ans avant l'épopée du Commandant Suzdal, et où les colons sont devenus des non-humains. Sur la planète, au bout de 20 ans, 3 mois et 4 jours, la féminité devient cancérigène. (CG)

ARBRE COMBATTANT : arbre nettoyant le sol de sa radioactivité après les Anciennes Guerres en attirant les particules à ses racines. Ces arbres luisaient dans la nuit ; il était interdit de les toucher. (RA, TS)

ARGENT B.A.T. ou CREDITS B.A.T. (Bien Arrivé sur Terre) : Devise finale après change par ordinateur. Elle perd un tiers de sa valeur par voyage planoforme vers la Terre. C'est la meilleure monnaie qui soit. (SP)

ARGENT L.E.S. ou CREDITS L.E.S. (Livré Et Sûr) : tout argent offrant de bonnes garanties. (HT)

AROI : groupe de danseurs de Xanadu, sortes de prêtres du plaisir. Au moment de l'adhésion à ce groupe, il faut sacrifier tous les descendants vivants du conjoint ou le conjoint lui-même plus un nombre de volontaires égal à celui de ses descendants. (MS)

ARTICLE 376984 (de l'accord par lequel Xanadu devint partie intégrante de l'Instrumentalité) : protégeait les coutumes locales de Xanadu. (MS)

ASILE : endroit où les sous-êtres devenus inutiles sont gazés et détruits. (BC)

ASSISTANT CHEF POUR L'ESPACE : titre des Sondeurs après la Reconversion. (SV)

ASTROPORT CENTRAL : ville de la Terre protégée contre les Bêtes, les Impardonnés et les Manshonyaggers. (SV)

ASTROPORT D'EMIGRATION : ville située sur la Terre. (SV, PB)

AUTOTELEVISATION : appareil utilisé par le camp américain pour inspecter les vaisseaux téléguidés pendant la bataille des Kerguelen. (GQ)

AUTRES (les) : terme utilisé par les Sondeurs pour désigner les êtres humains normaux. (SV)

B

BALEINE AERIENNE : animal terrestre adapté à la vie dans les violentes tornades d'Henriada. Carnivore. (PT)

BANDE DES COUSINS : descendants de Laird et de Carlotta vom Acht, qui se révoltent contre les Jwindz. (RA)

BANQUE (La) : Banque de mémoire de l'Instrumentalité. Il en existe trente disséminées sur toute la Terre, une à côté du Vaisseau d'Or et une dissimulée sous forme d'astéroïde. Voir CLOCHE. (BC)

B.A.T. : voir ARGENT B.A.T.

B'DANK : homme-bœuf dirigeant les araignées charognardes chargées de nettoyer Terraport. (HT) Se sauve dans les égouts après que les araignées se sont emparées de l'un des robots construits à l'image de Rod McBan à Terraport. Se trouvait avec le Seigneur Jestocost quand Rod l'appela du Tréfonds. (SP)

B'DIKKAT (du turc dikkat : « soin, attention » ?) : homme-bœuf chargé du soin des prisonniers (qui l'appellent ami) sur la Planète Shayol. (PS)

BEAUREGARD : domaine de Madigan, à l'est d'Ambiloxi. Ne subit pas les tempêtes d'Henriada. Toute la région est un vaisseau planoforme. (PT, ET)

BERCEAU DE L'HUMANITE : la Terre.

BETES : animaux des régions désertes de la Terre. (SV) Attaquèrent l'Idiot. (MO)

BEZIRK (all. Bezirk : « district ») : sous la Terre (en fait, sous l'océan). Partie intérieure du Gebiet. Fermé depuis 57 siècles. N'a jamais été soumis à aucune loi. (ST)

BINATANG (PLANETES) : mondes où les Hommes Véritables peuvent s'accoupler avec les sous-êtres. (TS) L'ancêtre félin de Dame Léonie y séjourna peut-être. (RB)

BOMBE PHOTONUCLEAIRE, BOMBE LUMINEUSE ou BOMBE DE LUMIERE : bombe utilisée contre les Rats-Dragons. (RD)

BOMBE TELEPATHIQUE : diffusion télépathique d'émotions très violentes par très courtes saccades. Comportement interdit à l'intérieur de l'atmosphère terrestre. (HT)

BORD DU MONDE : sur Fomalhaut III. Lieu très

étrange où la Cité Souterraine rejoint la lumière du jour. (DD)

BOULEVARD : voir ALPHA RALPHA.

BOUTE-LUMIERE : équipe formée d'un homme et d'un chat combattant contre les Rats-Dragons. (CG)

BOUTE-LUMIERE (CASQUE DE) : appareil mécanique correcteur de la télépathie naturelle. Permet aux synapses de deux esprits d'entrer en contact. (CR)

BRAVE-CAPITAINE : commandant d'un vaisseau planoforme lorsqu'il est en vol. (MH) Guide le vaisseau par l'esprit ; travaille en transe en s'aidant de Cartes. (CB) Sait se battre. (AR)

BUAH : l'une des deux variétés d'arbres de Xanadu. On en tire deux boissons : le dju-di et le pisang. Un bosquet de Buah dissimule le laboratoire où sont fabriqués les diehr-morts illégaux. (MS)

C

CARTE DE RETOUR D'URGENCE : utilisée pour le retour sur les vaisseaux planoformes. (CB)

CELALTA (esp. alta : « haute » + celar : « cacher » ou celo : « zèle ») : Dame de l'Instrumentalité démissionnaire, elle épouse Casher O'Neill. (SS) Elle découvre avec lui une menace tapie au-delà des étoiles. (ET)

CELUI-QUI-N'A-PAS-DE-NOM : avait un nom que l'humanité ne connaissait pas, mais que prononçait la Vieille Religion Forte. (DD) L'E-telekeli. (HT)

CELUI-QUI-VIT-AU-TREFONDS : l'E-telekeli. (SP)

CENOTE : puits naturel profond dans le calcaire. Le vaisseau de Juli s'écrase près d'un cenote. La Rébellion contre les Jwindz s'y regroupe. (RA)

CHAMBRE HILARANTE : terme d'argot norstralien désignant la Maison de Destruction. (HT)

CHEFS DE L'INSTRUMENTALITE : terme désignant les Seigneurs et les Dames de l'Instrumentalité. (CR, DD, HT, RD, SV).

CHOUICES (chin. shaw hai : « petit enfant ») : enfants

prenant part à la colonisation de Vénus par les Chinois. (JP)

CHRONOPATHE (gr. : « malade temporel ») : distorseur temporel généralement utilisé pour éviter à un vaisseau la destruction totale. (CG)

CHRONOPATHIQUE (IDIOT) : à bord du vaisseau du Seigneur Lovaduck. Permet à celui-ci de remonter le temps pour lui éviter d'être détecté sur la Planète de Raumsog. (VO)

CHRONOPLASTE : synonyme de planoforme, utilisé en particulier lors de l'invention du procédé. (CR)

CINQUIEME REGLE POUR TOUS LES HOMMES : la deuxième partie s'énonce ainsi : « Les services de toute personne seront à la disposition de tout autre Humain Véritable en détresse ou en danger, sans délai et sans honoraires ». (SP)

CITE : ce nom désigne les forteresses des Hommes Véritables après les Anciennes Guerres. Un bouclier magnétique en interdit l'entrée aux Sauvages. Les Jwindz gouvernaient les cités ; ils ne se souciaient pas du reste du monde. (RA)

CITE DE L'ESPERANCE DESESPEREE : ville de Mizzer, près des sources du Treizième Nil. Les gens qui ont peur de la mort s'y retrouvent. (SS)

CLAIRE MEMOIRE : voir DROGUE.

CLOCHE (La) : table de situation en 3 dimensions. Les Seigneurs pouvaient la consulter en toute situation en la contactant manuellement ou télépathiquement de la Banque. (BC) Casher O'Neill jure « par la Cloche ». (SS)

C'MELL : libre-fille. Sous-être dérivé d'une chatte. Travaille à Terraport. Amoureuse du Seigneur Jestocost. Elle obtient des lieux de refuge pour la Sainte Rébellion. (BC) Elle sauve Paul et Virginie de l'homme-bœuf saoul, puis, plus tard, transporte Paul en bas du Boulevard Alpha Ralpha. (AR) Elle a 29 ans au moment de la visite de Rod McBan sur la Terre et joue le rôle de sa femme. (HT, SP). Elle a 73 enfants et meurt à l'âge de 103 ans. (BC)

COMMONWEALTH : désigne à la fois la Norstralie et son gouvernement. (HT)

CONDAMINE : le plus puissant des narcotiques existants. Ne doit pas être mentionné en dehors d'un hôpital (règle 47-B). (BI)

CONDITIONNEL-CONDITIONNEL : châtiment de L'Instrumentalité. Le criminel doit quitter sa planète. Ensuite, il peut y revenir, mais si son crime a eu des conséquences néfastes, il sera condamné à des rêves-châtiments ou à la déportation sur la planète Shayol. Si le crime n'a pas eu de conséquences, il peut vivre en paix. (HT)

CONGOHELIUM : composé instable de matière et d'antimatière retenu dans un fin réseau magnétique. (ST)

CONSEIL DU COMMONWEALTH ou CONSEIL TEMPORAIRE : gouvernement de la Norstralie. (HT)

COPT, le (du nom des Egyptiens chrétiens) : l'un des trois êtres (avec le robot et le rat) qui ont accueilli sur Terre Carla Vom Acht (TS), exploré Espace-3 et accepté la Vieille Religion Forte. (PT, SS) E-lamelanie parle de la promesse faite par le Copt et de ses liens avec D'joan. (SP)

COULOIR JAUNE ET BEIGE : sur Fomalhaut III. Abri antitélépathique construit par le Seigneur Englok. Vestige des Anciennes Guerres. La Ville des Gueux (qui abrite les sous-êtres) se trouve là. Elaine s'y rend à l'instigation de Dame Panc Ashash. (DD)

CRANCHER : technique utilisée pour rendre aux Sondeurs l'usage de leurs sens pendant un temps limité. Inventée par Eustace Cranch. (SV)

CRANCHER (Fil à) : appareil utilisé par les Sondeurs pour crancher. (SV)

CREDITS B.A.T. : voir ARGENT B.A.T.

CREDITS L.E.S. : voir ARGENT L.E.S.

CROISEUR AU LONG COURS : vaisseau de guerre très rapide. L'un d'eux fut utilisé par le Seigneur Redlady pour envoyer Rod McBan sur Mars. (HT)

CROYANT : adepte de la religion avant la Redécouverte de l'Homme. (AR)

CRUDELTA, SEIGNEUR : Seigneur de l'Instrumentalité. Envoie Rambo dans Espace-3 dans une fusée de sa conception. Plus tard. Crudelta va lui-même dans Espace-3. (BI) Né mille ans avant Jestocost, il connaît ses plans pour le Sous-Peuple et devient l'un des Administrateurs de la Fondation Cent Cinquante. Il a participé à la guerre contre Raumsog. (SP)

CRYPTODERME : pansement vivant très coûteux. Figure dans toutes les trousses de secours d'urgence de la Norstralie. (HT)

D

DAIMONI : entités de lointaine origine terrestre qui reviennent d'au-delà des étoiles. Aident à construire Terraport et les Hespérides, puis s'en vont. (BC) La chambre personnelle de Murray Madigan, la porte et les murs sont en matériaux daimoni. (PT) La cabane de Rod McBan est en rondins daimoni importés en Norstralie par voiles photoniques. Les Daimoni ont aussi construit le Palais du Gouverneur de la Nuit. (HT)

DAME : titre des Chefs de l'Instrumentalité quand ils sont de sexe féminin.

DEDOUBLEMENT : art perdu de produire un double de soi-même au cours d'un combat. T'ruth l'enseigne à Casher O'Neill. (PT)

DIEHR-MORTS : individus cultivés dans des fluides à partir de fragments de la chair congelée de morts célèbres. (MS)

DIEU CLOUE HAUT ou HOMME SUR LES DEUX BOUTS DE BOIS : image de la Vieille Religion Forte dont le Copt se souvient et que Karla vom Acht voit grâce à un voyage temporel. (TS) Adopté par les sous-êtres et interdit par l'Instrumentalité, le Dieu Cloué Haut finit par s'imposer à Casher O'Neill. (SS)

DISGRACE HONORABLE : l'Instrumentalité corrompait ses propres membres. Les Seigneurs pouvaient obtenir une vie plus longue en renonçant à leurs objectifs... et à leur honneur. (HT)

DJIN : dieu adoré par les hommes après les Anciennes Guerres. (TS)

D'JOAN (dog Joan ; cf. Jeanne d'Arc) : Sous-être dérivé d'une chienne. Sur Fomalhaut III, partage l'esprit d'Elaine. Elle a de nombreux esprits imprimés dans le sien, y compris celui du Chasseur. On la fait passer de l'âge de cinq ans à l'âge de quinze ou seize ans en quatre heures. Contrôle brièvement l'esprit de Dame Underwood. Brûlée sur un bûcher à Kalma. (DD)

DJU-DI : pisang distillé, dont le goût rappelle celui de la grenade. (MS)

DOUZIEME REGLE POUR TOUS LES HOMMES : « Toute personne découvrant qu'elle forme une opinion non autorisée ou la partage avec d'autres personnes doit en aviser immédiatement le sous-chef le plus proche afin de se faire soigner. » (SP)

DOYCH/DOYCHES (all. deutsch : « allemand ») : langue préférée du Vieil Ours Sage. Beaucoup de gens ont appris à la parler pour tromper les manshonyaggers. (RA, ET, SP) Les musiciens en reçoivent l'empreinte. (SP)

DRAGONS : les Rats apparaissent sous cette forme aux humains. Ils dévorent les âmes. La lumière du soleil les éloigne. Les boute-lumière les détruisent. (RD)

DROGUE DE POLICE N° 4 ou CLAIRE MEMOIRE : permet de tout se rappeler. Utilisée sur le musicien et ancien Superviseur de la Programmation des Humains trente-sept ans après son erreur pour découvrir le mystère de la naissance d'Elaine. (DD)

DROMOZOAIRES : formes de vie de Shayol. Apparaissent sous forme d'éclairs lumineux, entrent dans le corps et font pousser des organes. Nourrissent les hommes, les gardent en vie, mais dans la douleur. (PS)

E

E'DUARD : descendant de l'E-telekeli. Croyant de la Vieille Religion Forte. Guérit l'esprit du Seigneur bin Permaiswari. Tue les diehr-morts illégaux. (MS)

EEFUNJUNG : unité de temps très courte, presque instantanée. Le pisang tue dans ce laps de temps. (MS)

EFFET BATEAU IVRE : capacité d'utiliser le système nerveux pour le contrôle direct des machines. (BI)

EFFET KASKASIA : voir KASKASIA.

E-IKASUS (de Jésus, transformé en homme puis retransformé en esprit) : fils de l'E-telekeli. Transformé en homme singe (A'gentur) pour emmener Rod sur la Terre. Revient au Tréfonds par le Puits du Magasin des Désirs du Cœur. Est retransformé en oiseau par l'E-telekeli. L'oiseau le plus important de la Terre après son père. (HT, SP)

ELAINE : nom antique et interdit. Née par erreur et envoyée sur Fomalhaut III. Elle aime le Chasseur, partage l'esprit de D'joan. Après le procès, Dame Goroke lui ôte tous ses souvenirs et l'assigne à la surveillance du temps. (DD)

E-LAMELANIE (gr. Mélanie : « noire ») : fille de l'E-telekeli. Très pieuse, demande que son père lui donne l'espoir. Pense que Rod McBan est l'Annoncé et qu'elle ne l'a pas reconnu ; craint que sa foi ne l'ait abandonnée. (SP)

ELLEN : voir FOLLY.

ELUS : autre nom des Sondeurs. (SV)

EMETTEUR GRANDES ONDES : télépathe ayant un pouvoir erratique d'émettre et de recevoir, avec une grande intensité au besoin. Rod McBan et le Seigneur Redlady sont des Emetteurs Grandes Ondes. (HT, SP)

EMPIRE : gouvernement établi ou autorisé par l'Instrumentalité pour une période de mille ans. Il fut éliminé avant l'évacuation de Shayol. (PS) Existait à l'époque du Crime du Commandant Suzdal. (CG)

EMPRISE : technique utilisée pour mettre une personne sous hypnose afin de procéder au Récurage du Cerveau. (SP)

EPHEMERES : individus mourant à l'âge de soixante-dix ans. L'Instrumentalité leur accordait des plaisirs subjectifs nommés « les bénédictions ». (HT)

ESPACE-DEUX : hyperespace à travers lequel se déplacent les vaisseaux planoformes. (BI)

ESPACE-TROIS : hyper-hyperespace pressenti grâce à Elaine. (DD) Rambo fut le premier à le traverser. (BI) Le robot, le rat et le Copt l'ont exploré et y ont accepté la Vieille Religion Forte. (SP) T'ruth l'utilise pour envoyer O'Neill à Mizzer. (PT)

E-TELEKELI : à l'origine, essai manqué pour produire un Daimoni à partir d'un aigle. (HT) Chef du Sous-Peuple. Son nom n'est jamais prononcé tout haut. Jestocost et C'mell lui indiquent des lieux où le Sous-Peuple peut se cacher. Il a des ailes en lieu de bras et ses yeux sont blanc opaque. (BC) A une fille et plusieurs fils, dont E-ikasus. Accorde à Rod McBan une vie subjective avec C'mell et obtient de lui la plus grande partie de sa fortune, avec laquelle il crée une fondation destinée à aider les sous-êtres et les humains. (SP) A l'époque où le Seigneur Kemal bin Permaiswari séjourne sur Xanadu, il est devenu le chef et conseiller légendaire de son peuple. (MS)

EXTREME URGENCE : invoquée par Vomact quand Adam Stone découvre comment guérir la Grande Douleur de l'Espace. Invoquée sans succès par Martel pour arrêter Parizianski. (SV) Invoquée par Sh'san pour protéger Veesey-koosey. (PB) Invoquée par le Seigneur Crudelta pour prendre le commandement des troupes du Berceau de l'Humanité. (BI) Invoquée par Dame Da pour amener l'Instrumentalité sur Shayol. (PS)

F

FENNINE : drogue destructrice. (CR)

FINSTERNIS (all. Finsternis : « ténèbres ») : cube fou

de cinquante mètres de côté. Peut éteindre des soleils et geler des planètes. Déchargé dans l'espace à partir d'un vaisseau planoforme, en compagnie de Folly et de Maac. Devient Alma sur Linschoten XV après la dissolution du cube. (ET)

FOLLY : femme rousse devenue après son suicide un petit vaisseau spatial de onze mètres de long. Puis le vaisseau devient maison et prend le nom d'Ellen. (ET)

FONDATION CENT CINQUANTE : établie par Rod McBan à l'instigation de l'E-telekeli pour aider les humains et les sous-êtres. Parmi les Administrateurs figurent les Seigneurs Jestocost et Crudelta et Dame Johanna Gnade. La Fondation achète un restaurant pour C'mell. (SP)

FRAGMENTS DE LA PAROLE ou FRAGMENTS DU LIVRE : parties de la vérité situées au-delà de la vérité. Accessibles aux sous-êtres. (SP) Désigne aussi le message écrit sur lequel s'accordent le robot, le rat et le Copt. (HT)

G

GALERIE DES PLAISIRS : située à l'Astroport Central; on peut y voir des femmes ravissantes. (SV)

GEBIET (all. Gebiet : « district ») : région sans lois ni châtiments située sous la Terre. (ST)

GLOIRE ET L'AFFIRMATION DE L'HOMME (La) : danse au Festival de Danse Inter-Mondes en 13582. (NN)

GNADE, DAME JOHANNA : assiste à la réunion où l'E-telekeli. Obtient des informations pour cacher les sous-êtres. (BC) Organise l'évacuation de la planète Shayol. (PS) Rejette les idéaux de Jestocost concernant les sous-êtres. (HT) Agée de six cents ans à l'époque de la visite de Rod, elle est la plus orgueilleuse et volontaire des Chefs de l'Instrumentalité. Administratrice de la Fondation Cent Cinquante. (SP)

GOONHOGO (chin. gung he guo : « gouvernement ») : gouvernement chinois indépendant régnant sur dix-sept milliards de personnes. Lâche des millions de Chinois sur Vénus pour la coloniser. (JP)

GRAND EXTERIEUR ou GRAND NÉANT : Espace vide entre les étoiles. (NY, CR, PB, SG) Provoque le Premier Effet, la Grande Douleur de l'Espace. Les Sondeurs y voyagent et survivent. (SV) En planoforme, on y trouve les Rats. (RD)

GRAND NETTOYAGE : dernière crise politique de la Vieille Australie du Nord. Tous les objets de luxe devaient être remis au gouvernement et pouvaient être rachetés dans certains cas pour 20 000 fois leur valeur. Rod McBan CXXX avait caché ses trésors. (HT)

GRAND ŒIL : centre de messages sur la Terre. En principe, les sous-êtres n'y ont pas accès. (PB, HT, SP)

GRAND PLONGEON : vol en dehors de la Galaxie. John Joy Tree fit le premier Grand Plongeon. (PT)

GRANDE DOULEUR DE L'ESPACE : tue les hommes ordinaires. Rend indispensable l'invention des Sondeurs pour piloter les vaisseaux. (SV)

GUNUNG BANGA : force qui maintenait l'arche à Mortoval ; désigne à la fois la machine et l'être qui l'anime. (SS)

H

HABERMAN : homme séparé chirurgicalement de ses organes et pourvu d'instruments pour enregistrer ses réactions. N'éprouve aucune sensation, ce qui lui permet de rester conscient et vivant dans l'espace. Vit par la volonté des Sondeurs, condamnés-à-pire-que-la-mort. Déconnecté quand les vaisseaux sont au port. (SV)

HARKENING (Colonel Desmond, le) : il fut le meilleur navigateur de son temps et le premier homme à planoformer. Il réapparut sur Terre à Central Park.

Liana, sa fille adoptive, disait que les étoiles avaient volé son âme ; il souffrait d'un plaisir à vif et inhumain. Il ne quitta plus jamais la Terre. (CR)

HARNAIS MAGNÉTIQUE : à porter pour utiliser un Puits de Descente. (SP)

HENRIADA : la planète des tempêtes, colonisée à l'origine par une coopérative post-soviétique. Population durement touchée par les tempêtes. Là se trouve Beauregard, où vit T'ruth. (PT)

HITTON : vieille famille norstralienne, fondée par Benjamin Hitton, un des pionniers de la planète, qui passe pour le créateur de son système de défense. Katherine Hitton est Maîtresse d'Armes de la Vieille Australie du Nord. (MH) Elle épouse le grand-oncle de Rod McBan. (HT)

HOMINIDÉS : humains d'outre-Terre. (BC) Modifiés pour s'adapter aux conditions variées régnant sur un millier de mondes. (AR)

HOMME SUR LES DEUX BOUTS DE BOIS : voir DIEU CLOUÉ HAUT.

HOMMES DES AIRS : humains adaptés pour vivre dans les tempêtes d'Henriada. Adorent manger du canard cru. Leur esprit a reçu l'empreinte du désir de Casher. (PT)

HOMMES LIBRES : humains transformés par la Redécouverte de l'Homme. (AR)

HOMMES NON AUTORISÉS : hommes-animaux mutants pourvus d'une queue. Ce ne sont pas des sous-êtres. (RA)

HOMMES VÉRITABLES : humains. Vivent généralement dans les Cités des Jwindz. (RA) Télépathes. Aiment le silence et la contemplation. Ne vivent pas dans les contrées sauvages. (MO)

HOMONCULES : Nom donné aux sous-êtres pendant la Redécouverte de l'Homme. (BC, AR)

I

IDIOTS : sur la Terre, ont servi de politiciens et d'administrateurs. (MO)

IDIOT CHRONOPATHIQUE : voir CHRONOPATHIQUE.

IMPARDONNES (LES) : tribus vivant en dehors des Cités. (SV) Attaquent les Idiots et les hommes ordinaires. (MO) L'Instrumentalité des Jwindz les utilise parfois dans ses laboratoires. (RA)

INGLAIS : voir ANCIEN ANGLAIS.

INSTRUMENTALITE DU GENRE HUMAIN : corporation établie après le succès de la rébellion contre les Jwindz dirigée par Laird, Juli vom Acht et la Bande des Cousins. Son but est de servir tout le genre humain sans le manipuler. (RA) Corps dirigeant la plus grande partie ou la totalité du genre humain. (BI) Ses maximes : « Surveiller sans gouverner ; arrêter la guerre sans la déclarer ; protéger sans contrôler ; et, plus que tout, survivre ! » Elle protège les hommes et leurs mondes contre les non-humains. Elle laisse ses membres commettre des erreurs et des crimes, et se suicider. Elle fait pour l'humanité ce qu'un ordinateur ne peut pas faire. (CG) Elle a vocation à lutter pour que l'homme reste l'homme. (ST) Elle peut corrompre ses propres officiers. (SP) Elle ne prend pas de sanctions contre Wedder, mais donne à Casher O'Neill un passeport inter-mondes. (SG)

INSTRUMENTALITE DES JWINDZ : Hommes Véritables agissant en qualité de police des Jwindz. Ils enlèvent des Hommes Non-Autorisés, des Impardonnés, et même des Hommes Véritables pour les laboratoires des Jwindz. (RA)

INSTRUMENTALITE DE LA TERRE : le côté peu flatteur de la Terre. (MH) Contrôle les vaisseaux spatiaux. (DE)

INTERFERENCE ETIOLOGIQUE DE CLASSE TROIS : petite fille psionique folle à bord du vaisseau du Seigneur Lovaduck. Douée du pouvoir de modifier la chance, elle bouleverse la planète de Raumsog. L'Instrumentalité échoue à la guérir mais efface de son esprit les souvenirs de la guerre. (VO)

INTEINDRE : recevoir télépathiquement. Terme norstralien. (HT, SP)

INTERDIT (L'HOMME) : Le Christ. (SP)

INTERDIT (PREMIER) : figure de la Vieille Religion Forte mentionnée par le Chasseur. (DD) Correspond au Père de la Trinité chrétienne.

J

JARDIN DE LA MORT : grande roulotte où l'on auditionne les Norstraliens. Les non-aptes sont condamnés à la mort hilarante. (HT)

JESTOCOST (d'un mot russe signifiant « cruauté ») : grande famille de l'Instrumentalité. Le Seigneur Jestocost I était le fils de Dame Goroke, qui lui donna ce nom en souvenir de la mort de D'joan. Le Seigneur Jestocost VI servait l'Instrumentalité depuis deux cents ans quand il rencontra C'mell et, grâce à elle, l'E-telekeli. Il aima C'mell à sa façon et voulut la justice pour le sous-peuple. (BC) Leader de la Redécouverte de l'homme (AR), il taxa Rod McBan pour utiliser l'argent du stroon au profit des sous-êtres. (HT) Devint l'un des Administrateurs de la Fondation Cent Cinquante. (SP)

JEU : bataille entre les boute-lumière et les Rats. (RD)

JONASOÏDAL (EFFET) : permet de planoformer. (CB)

JONASOÏDAL (VAISSEAU) : vaisseau planoforme. (CB)

JOUR DU CHATIMENT : institution impériale. Ce jour-là, les hurlements des condamnés de Shayol sont diffusés dans tout l'Empire en guise d'avertissement. (PS)

JOUR DU MASSACRE : jour où les colonels Wedder et Gibna conquirent Mizzer et où 1 131 personnes furent tuées dans le seul palais. (PT)

JWINDZ : philosophes chinois qui gouvernaient la Terre après les Anciennes Guerres. Ils voulaient refaire l'homme à leur image. Ayant échoué, ils donnèrent aux hommes des tranquillisants. Le retour dans l'histoire des sœurs vom Acht provoqua leur chute. Juli vom Acht suggère de les envoyer dans l'espace sur une autre planète. (RA) On les retrouve dans la cité de Jwindz Jo, aux sources du Treizième Nil, sur Mizzer ; ils connaissent la réponse à toutes les questions. (SS)

JWINDZ JO : Cité des Etres Parfaits où se sont retirés les Jwindz. (SS)

K

KASKASIA (EFFET) : arme des Temps Obscurs, qui ne fut jamais redécouverte. (SG) Arme américaine arrêtant les manshonyaggers et les Bêtes. L'Effet Kaskasia ne peut pas se mesurer. Les hommes simples aux pensées pures peuvent vivre à l'intérieur de son champ d'action. Il y en avait 21 à 34 sur la Terre à l'époque où atterrit Carlotta vom Acht. (MO)

KELAPA : l'une des deux variétés d'arbres poussant sur Xanadu. (MS)

KLAUS, ASTARTE : doctoresse, qui se transforma en mâle pour survivre sur Arachosia. Transforma aussi en mâles toutes les autres femmes de la planète. Inventa un système pour que les hommes puissent porter des enfants mâles. (CG)

KLOPT : nom des habitants d'Arachosia. (CG)

KOSER : émettre télépathiquement. Terme norstralien. (HT, SP)

L

LAITEUX : se dit des vaisseaux disparaissant dans Espace-2. Les parents de Rod McBan sont morts de cette façon. (HT, SP)

LAVAGE DE CERVEAU : technique d'amnésie sélective, utilisée sur Elaine et le Chasseur. (DD)

LAVINIA (dans l'*Enéide*, femme d'Enée et ancêtre des

Romains) : cousine et amie d'enfance de Rod McBan. (HT) Devient sa femme. (SP)

L.E.S. : voir ARGENT L.E.S.

LIBRE-FILLE : sous-être employé comme hôtesse à Terraport. C'mell est une libre-fille. (BC)

LIVRE DES MOUTONS ET DES NOMBRES : premier livre d'enseignement en Norstralie. (HT)

LIVRE DE RHETORIQUE : Second livre d'enseignement en Norstralie. (HT)

LOUDIE (chin. lao dai : « ancien ») : nom des anciens habitants de Vénus. Contaminent mille arpents de terre si on les tue. Les Chinois les exterminent en les faisant mourir de faim. (JP)

LUMIERE : voir BOMBE DE LUMIERE et BOUTE-LUMIERE.

M

MAAC (« Module à Auto-Action Compensée » ; angl. Samm : « Superordinated Alien Measuring and Mastering Device ») : homme d'acier long de deux cents mètres, conçu pour apporter à n'importe quel adversaire le message de la puissance de l'homme. Après sa mission sur Linschoten XV, il redevient humain sous le nom d'Alan. Il épousera Folly devenue Ellen et Finsternis devenue Alma. (ET)

McBAN (angl. ban : « proscription ») : vieille famille norstralienne.

McBAN CLI, RODERICK FREDERICK RONALD ARNOLD WILLIAM MACARTHUR dit ROD : trouve les trésors cachés par sa famille. Achète la Terre. Est réduit et expédié sur Mars par l'Instrumentalité, où, pour sa propre sécurité, il subit une intervention chirurgicale qui fait de lui C'roderick, l'homme-chat, banni de l'espèce humaine. (HT) Premier humain à rencontrer l'E-telekeli en personne. Partage une vie-rêve avec C'mell. Crée la Fondation Cent Cinquante. Rentre en Norstralie et épouse Lavinia. (SP)

MACHINES DE LA TERREUR : le Seigneur Kemal bin Permaiswari les combattit sur Styron IV. Il remporta la victoire, mais elles endommagèrent son esprit. (MS)

MACHINE A TRANSMISSION INSTANTANÉE : appareil de communication. (ST)

MAISON DE DESTRUCTION : les gens s'y rendent pour être éliminés au bout de quatre cents ans de vie. (DD) On les fait mourir de bonheur et d'excitation en leur administrant des drogues. (SG) En Norstralie, les gens n'y sont envoyés que dans les cas suivants : 1° s'ils ne peuvent supporter la régénération (SG) ; 2° s'ils sont insupportables pour la société (SG) ; 3° s'ils ne passent pas l'audition (HT).

MAISON NON AUTORISEE : maison pour personnes non autorisées, telle celle du Vieil Ours Sage. (RA)

MANNEQUIN MOIAA : mannequin testant les aptitudes électroencéphalographiques et endocriniennes d'un sujet. Le code est le suivant : mort = noir ; réserves organiques = rose pourpre ; prostration = bleu ; sensibilité à la douleur = rose clair ; douleur potentielle = brun foncé ; effondrement potentiel en vingt-quatre heures = éclairs. (ST)

MANSHONYAGGER (all. menchenjäger : « chasseur d'hommes ») : Sorte de tortue métallique de dix pieds à trois têtes. Chasse et tue les ennemis du 6e Reich Allemand. Parle à Carlotta. Endommagé et stoppé par l'Effet Kaskasia. Il en reste encore quelques-uns deux cents ans plus tard. Beaucoup de gens apprennent le doych pour les duper. (RA, TS, SV)

MARCHAND DE MENACES : celui que les générations futures devaient appeler Sun-boy. (ST)

MARIN DES ETOILES : emmène les vaisseaux parmi les étoiles. Vieillit de 40 ans en un mois subjectif. Nourri et tenu en éveil par des tuyaux. (DE)

MEMOIRE : Voir DROGUE.

MESSAGE INSTANTANE : méthode très coûteuse de communication interstellaire supprimant le délai de transmission. (PT) Utilise le sous-espace. (HT)

MIZZER : planète aride, au ciel rouge, aux Douze Nils.

Le dictateur Kuraf y est renversé par les colonels Gibna et Wedder. (SG) La planète est libérée par Casher O'Neill. (SS)

MONITEUR : humain à l'esprit programmé. Sort pire que la mort, réservé aux criminels. Un moniteur est programmé pour détruire le prince Lovaduck au cas où il se retournerait contre la Terre ou chercherait à s'échapper. (VO)

MONTAGNES PILEUSES : sur Khufu II, montagnes couvertes de lichen qu'on récolte pour faire des tissus. (HT)

MORE, DAME ALICE : Santuna devient Dame de l'Instrumentalité sous ce nom. (ST) Conçoit le plan de Redécouverte de l'Homme (SP) et reste parmi les leaders du mouvement. (AR)

N

NANCY : femme hallucinatoire créée par l'action du virus sokta sur le cerveau. (NY)

NEO-BITUME : matériau entrant dans la construction des routes et qui se répare lui-même. Utilisé sur Henriada. (PT)

NIDIES (chin. nue dai : « femme ») : femmes chinoises qui participent à la colonisation de Vénus. (JP)

NŒUD DU TEMPS : peut-être le point de contact entre le temps et le « monde en dehors du temps ». (SP) Tasco Magnon et sa femme Dita le cherchent au cours de leur voyage. (LA)

NONDIES (chin. nan dai : « homme ») : Chinois qui participent à la colonisation de Vénus. (JP)

NON-ESPACE : lieu situé hors de l'espace (et distinct d'Espace-2 et d'Espace-3) où les Vaisseaux d'Or sont cachés. (VO)

NORSTRALIE : Planète colonisée par voiliers photoniques (PB) avant la fondation de l'Instrumentalité et restée un Commonweath de Son Absente Majesté la Reine d'Angleterre. (HT) Produit le stroon. (DD) Les habitants sont grands, colorés, athlétiques, rudes

(MT) et, grâce au stroon, très riches. (HT) Leurs maximes : « Ne voyez pas trop loin. Allez d'une situation immédiate à la suivante. Ne prenez pas une décision si vous pouvez la faire prendre par un autre et y gagner quand même. Et surtout... ne vous faites jamais prendre à gagner. Contentez-vous de gagner, mais ne le montrez pas. » (SP)

NYCHTERONS TERRESTRES : unité de temps ; jour et nuit. (ST)

O

OCEANS : sur la Terre, au temps de la Rébellion contre les Jwindz, il y poussait une herbe absorbant les anciens poisons. Etaient autrefois remplis d'eau. (RA)

OFFICE CENTRAL DES URGENCES : ordinateur norstralien qui réglemente la consommation. (HT)

OLYMPIA : planète spécialisée dans le recel et l'échange de biens volés. Les habitants y sont aveugles et voient avec des yeux-radars. (MH) Des artistes aveugles y sont venus de Pontoppidan pour peindre les chambranles des portes donnant accès à l'hôpital. (SG) John Osterman y découvre un complot contre l'Instrumentalité. (RB)

O'NEILL, CASHER : originaire de Mizzer, il quitte cette planète après l'usurpation de Wedder. Il vient sur Pontoppidan pour y chercher un moyen de prendre sa revanche et rencontre la Vieille Religion forte. (SG) Il poursuit sa quête sur Hnrriada (PT), libère Mizzer par l'amour, trouve la paix avec Dame Celalta (SS) et découvre avec elle la menace du mangeur d'hommes. (ET)

ONSECK (honourable secretary) : en Norstralie, fonctionnaire expédiant les affaires courantes pour Son Absente Majesté la Reine. (SP) Tient la comptabilité du gouvernement du Commonwealth. (HT)

ORDICENT : ordinateur central sur la Terre. S'occupe de tout. (SP) Enregistre les transactions financières inter-mondes. (HT) Relié à de nombreux endroits, dont le Bezirk. (ST)

ORNITHOPTERE : appareil qui vole en battant des ailes. Utilisé en Norstralie (HT) et sur Xanadu. (MS)

OUBLIE (SECOND, TROISIEME) : figures de la Vieille Religion Forte mentionnées par le Chasseur. (DD) Correspondent au Fils et au Saint-Esprit de la Trinité chrétienne.

OUBLIEUR : criminel coupable de crimes majeurs et condamné à l'amnésie totale au lieu de la mort ou de Shayol. (ET, PT)

P

PANC ASHASH : Dame de l'Instrumentalité dont la personnalité a été imprimée dans la machine d'Aide aux Voyageurs. Elle dirige Elaine sur Fomalhaut III. (DD)

PARADIS VII : planète d'épouvante. Les pionniers qui y survécurent la quittèrent pour aller en Norstralie. (HT)

PARENTS APPOINTES : en Norstralie, ils enseignent à l'enfant les sept arts libéraux, les six sciences pratiques et les six recueils d'études sur la police et la défense. Ils sont indispensables pour préparer à l'épreuve du Jardin de la Mort. Les parents appointés risquent leur vie en même temps que le candidat. (HT)

PARFAITS (LES) : nom que les Jwindz se sont donné. (RA)

PARLOPHONE : ancien appareil pour jouer des sons enregistrés. (CB)

PAROLE DEFENDUE : révélation religieuse. Communiquée uniquement si on la demande. (SP)

PAROSKI (russe po-russki : « la langue russe ») : une des anciennes langues. (DD) L'une des nations spatiales. (BI)

PARTENAIRE : chat associé à un boute-lumière. Voyage dans un petit vaisseau d'attaque séparé. A les réflexes assez rapides pour combattre les dragons. (RD)

PAS-D'ICI : famille norstralienne revenue sur Terre plusieurs générations avant C'mell. Le Seigneur William Pas-d'Ici est à la réunion où les lieux cachés sont révélés à l'E-telekeli. (BC) Il voudrait marier sa fille Ruth à Rod McBan pour leur permettre de revenir en Norstralie. (SP)

PAUVRE OFFICIEL : en Norstralie, celui qui renonce à tous ses biens, et, ce faisant, à tous ses soucis et responsabilités de propriétaire. (HT)

PERCEPTION RADAR : forme de perception artificielle adoptée par les aveugles d'Olympia. On sectionne le nerf optique et on y raccorde le fil du radar. (RB)

P.E.E.A. : Plat d'Evacuation des Excréments Animaux en argot norstralien. (SP)

PERSONNE EXPERIMENTALE : sous-être ne répondant pas aux spécifications mais qu'on laisse vivre. Leur nom n'est pas précédé de la lettre indiquant leur ascendance animale. Herkie en est une. (RA)

PEUPLE-VOLAILLE : à l'origine, cargaison qui s'est écrasée sur Linshoten XV, et dont les individus ont muté en formes de vie intelligentes et télépathes. (ET)

PHOTONUCLEAIRE (BOMBE) : voir BOMBE.

PISANG : jus du fruit du buah. Poison mortel. (MS)

PLAISIR-VILLE : construite dans les Hespérides. Monsieur et Docteur Vomact y envoie Rambo pour le guérir. (BI)

PLANETE COMPACTE : monde de haute gravité. Les humains y sont de la taille d'une noix. (SP)

PLANETE DES GEMMES : Pontoppidan. (SG)

PLANETE DES SABLES : Mizzer. (SS)

PLANETE DES TEMPETES : Henriada. (PT)

PLANOFORMER : voyager en deux dimensions ou en Espace-2. (BI) Le Colonel Harkening est le premier à voyager ainsi. (CR) Les voyages planoformes ont ruiné Viola Siderea (MH) Ils sont protégés par les boute-lumière. (RD) Sur la Terre, ils aboutissent à Terraport. (BC)

PLUS ANCIEN DES MONDES (LE) : la Terre avant les Anciennes Guerres. (AR)

POLICE AUXILIAIRE : à Terraport, force policière composée de sous-êtres dérivés de loups. Utilisée sans doute parmi les sous-êtres et non parmi les humains véritables. (SP)

POTENTIEL FILIAL : don de se faire accepter comme son enfant par n'importe quel adulte normal des deux sexes, lui redonnant ainsi une raison de vivre. (PB)

PONTOPPIDAN : la planète des gemmes. L'atmosphère n'y est pas respirable à l'époque de Casher O'Neill et ne le sera pas avant 2520 ans. Beaucoup de pierres précieuses et de régions radioactives. Importe des vers de terre au prix d'un diamant de 8 carats chacun. (SG)

POUVOIR DES JWINDZ : domina autrefois la Terre. (SS) La Rébellion de la Bande des Cousins y mit fin à l'époque où les vom Acht revinrent sur la Terre. (RA)

PREMIER EFFET : provoque la Grande Douleur de l'Espace malgré les opérations subies par les Habermans. Se manifeste par le besoin de la mort. Henry Haberman y mit fin. (SV)

PREMIER INTERDIT : voir INTERDIT.

PREMIERE FIN DU MONDE : fin du Plus Ancien des Mondes sous l'effet des Anciennes Guerres. (SP)

PROGRAMMATEUR DE LA POPULATION : machine située à An-Fang sur la Terre. Calcule les naissances. Commet l'erreur qui donne naissance à Elaine. (DD)

PROJET TELESCOPE : procédé inventé par Rogov et Cherpas en U.R.S.S. et destiné à lire dans les esprits. Seul résultat : entre en contact avec le Festival de Danse Inter-Mondes. (NN)

PROMIS : voir ANNONCE.

PUITS DE DESCENTE : puits vertical (généralement sur Terre) destiné au transit. On y porte des harnais magnétiques. La vitesse de descente y est pour les humains d'environ 20 mètres/minute. Sont toujours accompagnés d'un Puits de Montée. Les sous-êtres ne sont pas autorisés à utiliser les Puits destinés aux humains sauf s'ils sont en service commandé. (SP)

Q

QUATORZE B : division secrète de l'espionnage de l'Instrumentalité. (ST)

QUATRIEME VALVE : le Seigneur Jestocost a un bureau devant elle. Il y a 64 valves à Terraport. Elles aspirent et canalisent les gaz des lancements spatiaux. (BC)

R

RADIATION III : événement traumatisant survenu sur la Terre. (MS)

RAMBO, ARTYR : né sur Terre Quatre. Le Seigneur Crudelta le met dans un planoforme et l'envoie dans Espace-3, qu'il est le premier humain à visiter. (BI)

RAT (le) : membre du sous-peuple et l'un des trois êtres (avec le robot et le Copt) ayant accueilli sur Terre Karla Vom Acht (TS), puis exploré Espace-3 et accepté la Vieille Religion Forte. (PT, SS)

RATS (les) : ils vivent sous l'espace et attaquent les vaisseaux planoformes. Apparaissent aux gens sous forme de Dragons. (RD)

RAUMSOG, SEIGNEUR (all. Sog : « aspiration » + Raum : « espace ») : gouverne le Monde de Raumsog. Essaye d'attaquer la Vieille Terre et de corrompre l'Instrumentalité, emprisonne les Braves-Capitaines et tue les Boute-Lumière (mais pas les Partenaires, heureusement). Vaincu par le Vaisseau d'Or et tué sur sa planète. (VO)

REBELLION : libère la Terre du Pouvoir des Jwindz. La Bande des Cousins drogue les Jwindz et remplace les drogues par des placebos dans la nourriture des Hommes Véritables pour les libérer. (RA)

RECONVERSION : processus par lequel on transforme les Sondeurs en êtres humains normaux. (SV)

RECURAGE DE CERVEAU : technique permettant de faire disparaître les pensées non autorisées. (SP) Voir LAVAGE DE CERVEAU.

REDECOUVERTE DE L'HOMME : plan de l'Instrumentalité. Réintroduit les gouvernements, la monnaie, les journaux, les langues, la maladie, la mort — mais ne concerne pas les sous-êtres. (BC) Se place après l'incident entre Sun-boy et les mondes de Douglas-Ouyang. (ST) Les gens reprennent d'anciens noms, d'anciennes langues, d'anciennes coutumes. (SG, AR)

REDLADY, SEIGNEUR : Seigneur de l'Instrumentalité, représentant de l'Instrumentalité en Norstralie, rétrogradé au rang de Commissaire parce qu'il est un Emetteur Grandes Ondes. Un des juges de Rod McBan. (HT, SP)

REDUCTION : procédé par lequel on déshydrate le corps humain pour le faire voyager sous très petit volume. A l'arrivée, le processus est inversé et le sujet reprend sa forme première. (HT)

REGLE DES EXCEPTIONS : loi norstralienne. Le dernier survivant mâle d'une famille peut vivre jusqu'à quatre enfances. Si alors il échoue à l'épreuve du Jardin de la Mort, on l'envoie à la Maison de Destruction et on désigne un héritier qui reprendra son nom et ses biens. (HT)

REGLE (CINQUIEME) : voir CINQUIEME REGLE.

REGLE (DOUZIEME) : voir DOUZIEME REGLE.

REINE ABSENTE ou SON ABSENTE MAJESTE : quinze mille ans après, Elisabeth II d'Angleterre règne encore sur la Norstralie. Un jour, elle reviendra. En son absence, le pouvoir exécutif est provisoirement exercé par l'Onseck. (HT, SP)

RENEGAT : Norstralien qui choisit de quitter sa planète pour aller ailleurs jouir de sa fortune. Il lui est très difficile de revenir. (SG, PT)

RETRAITE (la) : euthanasie volontaire en Norstralie. (HT)

REVE ASSOCIE : union de deux esprits dans un monde subjectif. Rod et C'mell en partagent un. (SP)

ROBOT (le) : l'un des trois êtres (avec le rat et le Copt) qui accueillent sur Terre Karla Vom Acht (TS), explorent Espace-3 et acceptent la Vieille Religion Forte. (PT, SS)

ROBOT HUMANOIDE DEPHASEUR D'ONDES CEREBRALES : le Seigneur Redlady se sert de ce procédé pour assurer le secret de sa conférence en Norstralie. (HT)

S

SAINTE REVOLUTION ou SAINTE REBELLION : gouvernement secret du sous-peuple, dirigé par l'E-telekeli et aimant l'Homme. (SP)

SALLE DE COMBAT : sur un vaisseau planoforme, aire où travaillent les boute-lumière. (RD)

SALLE DE LA HAINE : au Magasin des Désirs du Cœur. Approuvé jadis par Dame Goroke. Montre les gens à eux-mêmes. Rod McBan en sort purifié. (SP)

SANTACLARA : drogue prolongeant la vie. Une once vaut quarante à soixante ans de vie. Prend le nom de stroon sous forme cristallisée. (MH) Introduite à l'époque où les Chinois envahissent Vénus. (JP) Produite uniquement par les moutons malades élevés en Norstralie, elle fait de cette planète la plus riche de l'univers mais les Norstraliens n'en profitent pas. (HT) Ont-ils fait vœu de pauvreté comme sainte Claire (1193?-1253)? En tout cas, ils imposent des droits si élevés sur les importations que dans la pratique personne n'importe rien, sauf le gouvernement (à des fins militaires).

SATELLITE DE CHIRURGIE : en orbite autour de Shayol. Prépare les condamnés à vivre sur Shayol en durcissant leur peau, leurs ongles, etc. S'ils le désirent, on leur extrait les yeux et on leur brûle le cerveau, ce qui leur épargne les souffrances. (PS)

SAUVAGES : vivaient en Australie après la chute de Nanbien. Ils tuèrent tous les survivants. (SP)

SEIGNEURS DE L'APRES-MIDI : sans doute la période où les Seigneurs de l'Instrumentalité sortent de l'aube de leur histoire et où le problème de la destinée commune des hommes et des sous-êtres est enfin résolu. (après MS et LA)

SEIGNEURS DE L'INSTRUMENTALITE : titre des chefs de l'Instrumentalité quand ils sont de sexe masculin. Les Seigneurs exercent un pouvoir de contrôle sur la Terre. (PG) Ils savent se battre, (AR) peuvent tuer sans jugement, (BI) combattent pour tuer si c'est une question de vie ou de mort. Raumsog cherche à les corrompre (6 onces de stroon pour le président). (VO)

SERVICE SPATIAL : organisation militaire pré-interstellaire lançant notamment des ondes dans l'espace profond. (NY)

SHAYOL : planète où les dromozoaires provoquent chez les humains la croissance d'organes extérieurs supplémentaires. Découverte par le Brave-Capitaine Alvarez. Accès interdit deux siècles après. Devient le degré final du châtiment sous l'Empire. Quatre siècles après arrive Mercer. Six siècles après, l'Empire est aboli et l'Instrumentalité fait évacuer Shayol. La population s'élève alors à environ 1 321 individus capables de produire des organes, plus 700 autres totalement absorbés par la planète. (PS) Pire que le supplice de D'joan sur le bûcher, d'après le Seigneur Femtiosex. (DD)

SIGNE DU POISSON : signe de la Vieille Religion Forte. (ET) Symbole du Christ dans l'antiquité.

SIXIEME REICH ALLEMAND : Etat de la Terre qui construisit les manshonyaggers (MO) pour éliminer tous ses adversaires. (RA, TS)

SON ABSENTE MAJESTE : voir REINE ABSENTE.

SONDEURS : habermans plus, dont l'esprit et les yeux sont séparés du corps. Tous volontaires, ils pilotent les vaisseaux, protègent et tuent les habermans. Soixante-huit d'entre eux subissent la Reconversion et redeviennent des humains normaux grâce à Adam Stone, puis reçoivent le titre et la fonction d'Assistants Chefs pour l'Espace. (SV) Plus tard, conservent leur ancienne autorité pour l'espace dans les vaisseaux. (PB)

SOUS-ESPACE : les Messages Instantanés le traversent. (HT)

SOUS-ETRES : humanoïdes formés à partir d'animaux. Les exemplaires défectueux reçoivent le nom de Personnes Expérimentales. (RA) On les tue quand ils sont malades ; les hôpitaux leur sont interdits. D'joan donne le signal de leur révolte sur Fomalhaut III. (DD) Leur taille maximale est de six fois la taille humaine ; leur taille minimale une demi-taille humaine. (DD, BC) Ils vivent essentiellement sous la Terre et sont considérés comme inférieurs aux Hommes Véritables. (ST) Peuvent donner des ordres aux robots. (PT) Leur nom est précédé d'une lettre indiquant l'animal dont ils sont dérivés : D' = dog = chien et aussi deer = daim ; C' = cat = chat) B' = bull = taureau ; T' = turtle = tortue ; E' = eagle = aigle ; S' = snake = serpent.

SOUS-PEUPLE : le peuple des sous-êtres.

STONE, ADAM : trouve une méthode permettant aux hommes de vivre dans l'espace. Fait reconvertir les Sondeurs en humains. Devient le premier homme capable de voyager dans l'espace sans lésions irréversibles. (SV)

STOP-CAPITAINE : commande le vaisseau quand il est au sol. (GM) Surveille les opérations (entretien, chargement, etc.) qui se déroulent dans l'espace normal. (CB)

STYRON IV : lieu d'une bataille où les machines de la terreur furent vaincues par le Seigneur Kemal bin Permaiswari mais endommagèrent son esprit. (MS)

STROON : santaclara à l'état cristallisé. Un comprimé est estimé à trois méga-années de travail. (MH) Se transforme en poison au bout de 200 ans. (SP)

SUCHESACHE (all. Sache : « chose » + Suche : « recherche ») : appareil de recherche et de chasse. Passe de corps en corps mais reste à l'intérieur du corps qu'il utilise. (SS)

SUPERCONDAMINE : puissant narcotique. Semblable à la condamine avec une molécule d'hydrogène en plus. Mortelle en trois minutes sauf si le patient a été exposé aux dromozoaires. Il est interdit d'en parler. (PS)

SUZDAL, Commandant : commandant de croiseur. A des hommes-tortues pour équipage. Répond au faux appel à l'aide d'Arachosia. Renvoie des chats à deux millions d'années en arrière pour fonder une civilisation et combattre les Klopts au mépris de la loi. Dépouillé de son nom, de son grade, de sa vie et de sa mort, puis déporté à Shayol. (CG) Refuse la supercondamine quand Shayol est condamnée. (PS)

SYME, HOUGHTON : surnommé Vieux Simplet. Onseck de Norstralie. Allergique au stroon. Essaye de tuer Rod McBan. (HT) A la demande de Rod, le sous-peuple lui donne une drogue qui lui permet de jouir d'une vie-rêve et d'un allongement subjectif de sa vie. (SP)

T

TABLEAU DE PROJECTION : amplificateur télépathique utilisé pour contacter les Partenaires. Permet de voir l'espace télépathiquement. Inventé après les vaisseaux planoformes. (RD)

TALIANO, MAGNO (= italiano) : Il y a bien longtemps, il parvint à voler dans l'espace à l'aide de son seul cerveau. (PT) Triste histoire que la sienne ! (DE) Brave-Capitaine du Wu-Feinstein, il retrouva sa route (alors qu'il était perdu) par le seul pouvoir de son cerveau, qui fut d'ailleurs brûlé dans l'affaire. (CB)

TAMBU (de tabou ?) : interdit. Désigne les Arbres Combattants (RA) et l'inceste. (TS)

TELEFUSIL : arme paralysante. Peut aussi tuer. Réglé pour rechercher et atteindre les matières organiques. (BI, SV)

TELEPATHES SECONDAIRES : télépathes doués d'une capacité d'intercommunication incomplète. Se livrent souvent au charlatanisme. L'Instrumentalité essaye de les dépouiller médicalement de leur pouvoir. (CR)

TELEPATHIQUE (BOMBE) : voir BOMBE TELEPATHIQUE.

TEMPS OBSCURS : voir AGES OBSCURS.

TERRAPORT : aire d'atterrissage des vaisseaux planoformes sur Terre. (BC) Situé sans doute dans les Caraïbes — de Terraport, on voit la Martinique — (AR) à vingt-cinq kilomètres d'altitude, (BC) plus haut que les nuages et les montagnes. (DD) Il y a d'autres Terraports. (DE)

TERRE : le Berceau de l'Humanité. La planète de Terraport. (DD)

TERRE QUATRE : lieu de naissance et résidence d'Artyr Rambo. (BI) Première escale du Sondeur Martel. (SV)

TREFONDS (LE) : lieu sous la Terre où travaillent les sous-êtres et les machines. (AR) Siège de l'Aitch Eye. Les sous-êtres y sont stockés dans des cuves, attendant de naître. (SP)

TRI-PENSER : défense contre la lecture de la pensée aux trois niveaux de la conscience. Le Seigneur Sto Odin se sert de cette technique contre Sun-boy. (ST)

T'RUTH (angl. truth : « vérité ») : sous-être dérivé d'une tortue, gouvernante de Murray Madigan. A 906 ans et une espérance de vie de 90 000 ans. A reçu illégalement l'empreinte de la Dame et Citoyenne Agatha Madigan. Confère à Casher O'Neill l'empreinte de ses connaissances et l'envoie sur Mizzer à travers Espace-3. (PT)

TUEUR INSTANTANE : machine qui tue toute personne dont l'identité n'est pas parfaitement établie. (HT)

V

VAISSEAUX-COQUILLES : planoformes perfectionnés permettant (comme les voiles photoniques) le transport massif de passagers en état d'animation suspendue. (CG)

VAISSEAU D'OR : épouvantail long de 150 millions de kilomètres, ordinairement caché dans le non-espace et utilisé contre les envahisseurs extraterrestres, qu'il met régulièrement en déroute. Employé dans la guerre contre Raumsog. (VO)

VIEILLE AUSTRALIE DU NORD : voir NORSTRALIE.

VIEILLE LANGUE DES DOYCHES : voir DOYCHE.

VIEILLE LUNE ORIGINELLE : la Lune de la Terre. (ET)

VIEILLE RELIGION FORTE : adoptée par le robot, le rat et le Copt lorsqu'ils explorèrent Espace-3. (PT) Identifiée avec le christianisme.

VIEUX RELAIS DES ETOILES : sur Mars. Rod Mac Ban y retrouve sa taille normale après la Réduction subie pour venir de Norstralie. (HT)

VIE-REVE : divertissement subjectif. (SP) Voir REVE ASSOCIE.

VILLE DES GUEUX : le Couloir Jaune et Beige où vivent les sous-êtres sur Fomalhaut III. (DD)

VIOLA SIDEREA : planète des voleurs. Peuplée à l'époque des voiles photoniques. Ruinée à l'ère des vaisseaux planoformes. (MH)

VIRUS SOKTA : cristal viral implanté dans le cerveau. Peut être activé par le pilote spatial en cas d'urgence. Permet au cerveau de créer des hallucinations cohérentes, mais lui enlève sa jeunesse, sa créativité, son imagination, etc. (NY)

VOIE DES CASCADES : voir WATERROCK.

VOILES PHOTONIQUES : vaisseaux spatiaux antérieurs aux planoformes, mesurant en moyenne 100 000 kilomètres sur 30 000. (PB) *L'Ame* fut piloté par Hélène Amérique. (DE) Permettent le peuplement de plus de 200 planètes, dont Viola Siderea

(MH), la Norstralie. (PB) Ont amené en Norstralie les matériaux entrant dans la construction de la cabane de Rod McBan. (HT) Continuent à servir pour expédier les embryons. (DD)

VOM ACHT : voir VOMACT.

VOMACT (la) : titre donné à Carlotta Vom Acht par les Hommes Véritables, les Personnes Non Autorisées et le Sous-Peuple. Le titre passe ensuite à Juli Vom Acht qui devient Dame Vomact de l'Instrumentalité du Genre Humain. (RA)

VOMACT, FAMILLE (all. achten : « estimer », ou ächten : « proscrire ») : des membres de cette famille apparaissent dans onze récits de l'Instrumentalité. Carlotta, fille du Professeur-Docteur Heinz Horst, Ritter vom Acht, est envoyée dans l'espace pour échapper aux Anciennes Guerres en même temps que ses sœurs Juli et Karla. A son retour, elle épouse Laird, ce qui marque le début de l'histoire de l'Instrumentalité. (MO) Juli revient à son tour, épouse Laird après la mort de Carlotta, marque de l'estime aux Personnes Non Autorisées et apporte son aide à la rébellion contre les Jwindz. (RA) Enfin Karla revient après la mort de Laird et de Juli et rapporte la Vieille Religion Forte. (TS) Le Sondeur Vomact, chef de la fraternité, est, de par son état, exilé de l'humanité, mais vivant au milieu d'elle pour la servir. (SV) Un autre Sondeur Vomact et sa fille Terza vivent un exil de fait sur Vénus, où elle est l'objet des soins attentifs de son père. (JP) Sur la Terre, Monsieur et Docteur Vomact prend soin d'Artyr Rambo quand, après avoir traversé Espace-3, il reparaît sur la pelouse devant l'hôpital. (BI) Au début de la Redécouverte de l'Homme, c'est M. Maximilien Macht (Where is Macht ? = Wo Macht ? = Vomact) qui conseille Paul et Virginie. (AR) Jean-Jacques Vomact, exilé sur Mars, rend Rod à sa forme première après la Réduction et oriente ses débuts dans la société de la Terre. (HT) Le Docteur Vomact, son cousin, soigne Rod et C'mell après la bataille avec Tostig Amaral et pose sa candidature à la direction de l'Instrumentalité. (SP) Un autre Docteur Vomact, exilé sur le satellite chirurgical de Shayol, prépare les déportés à la vie sur cette planète. (PS) Un dernier Vomact aurait pu être envoyé à la recherche du Nœud du Temps à la place de Tasco Magnon. (LA)

W

WATERROCK (angl. eau + roc) : emplacement des résidences et des bureaux des militaires sur Fomalhaut III. (DD) Dans le désert, Moïse fait jaillir l'eau du roc. Le Nouveau Testament y voit la préfiguration de la grâce s'écoulant du Christ. Dans la nouvelle, Elaine marche sur la Voie des Cascades (Waterrock Road) lorsqu'elle entre par hasard dans la Ville des Gueux.

WERELD SCHEMERING : planète dont les habitants deviennent très laids. Grosse importatrice de beaux êtres humains. (PB)

X

XANADU : planète sans soleil, colonisée par Kahn qui y a introduit le luxe. Dans l'échelle de la sensualité, elle est diamétralement opposée à la Norstralie. La planète est placée sous la juridiction de l'Instrumentalité, sauf en matière de coutumes locales. (MS) Allusions au Xanadu de Coleridge où Kubla Khan construisit son « dôme des plaisirs ».

Y

YEKASUSSE : prononciation de E-ikasus. (HT, SP)

Z

ZONE DE NON-IDENTITE : région de mort ? (MO)

TABLE DES MATIÈRES

Achevé d'imprimer en décembre 1989
sur les presses de l'Imprimerie Bussière
à Saint-Amand (Cher)

— N° d'imp. 10318. —
Dépôt légal : septembre 1987.

Imprimé en France

SIUDMAK

ART FANTASTIQUE

UN EXTRAORDINAIRE VOYAGE HORS DU TEMPS,
UN MONDE DE RÊVES, UN UNIVERS FANTASTIQUE...

NOUVEL ALBUM VOL. 4 DE **W. SIUDMAK** OFFRANT
UNE SELECTION DES TABLEAUX LES PLUS RECENTS,
LUXUEUSE EDITION DE 112 PAGES COULEURS, FORMAT 24 x 32 cm,
SUR COUCHÉ BRILLANT DE 200 g. RELIE TOILE SOUS JACQUETTE COULEUR

AVEC UNE PREFACE DU CELEBRE CINEASTE **JEAN JACQUES ANNAUD**

PARUTION NOVEMBRE 1989 • PRIX 240 F

DIFFUSION « MESSAGERIES DU LIVRE » 8, RUE GARANCIÈRE - 75006 PARIS
ET LES AGENCES RÉGIONALES DE

PRESSES DE LA CITÉ